DIE RETTUNG VON MACIE

Die Rettung von Macie (Die Delta Force Heroes, Buch Elf)

SUSAN STOKER

Besuchen Sie Susan im Netz!
www.stokeraces.com
facebook.com/authorsusanstoker
twitter.com/Susan_Stoker
bookbub.com/authors/susan-stoker
instagram.com/authorsusanstoker
Email: Susan@StokerAces.com

KAPITEL EINS

Mercedes Laughlin lag im Bett und las, als sie das Geräusch hörte.

Zuerst dachte sie sich nicht viel dabei. Nachts hörte sie immer wieder zufällige Geräusche. Das Wohnhaus, in dem sie lebte, war nicht gerade ruhig. Zu jeder Tages- und Nachtzeit kamen und gingen Leute, und sie hatte definitiv schon so einige häusliche Auseinandersetzungen mitbekommen.

Macies Wohnung lag im ersten Stock und auf der Rückseite des Gebäudes. Es gefiel ihr, dass sie von ihrem Wohnzimmer aus einen Bach sehen konnte, der sich durch viele Hektar Wald schlängelte. Und da sie die meiste Zeit dort verbrachte, an ihrem Schreibtisch saß und an ihrem Computer arbeitete, wirkte das beruhigend. Es war nicht das teuerste Wohngebäude in Lampasas, aber es war auch kein Drecksloch. Alles in allem hatte sie Glück gehabt, eine Wohnung zu finden, in der sie sich sicher fühlte und in der Nähe ihres Bruders sein konnte.

Aber das Geräusch, das sie gehört hatte, war ungewöhnlich. Es war nicht wie die Geräusche, die sie von draußen hörte ... Autos fuhren vorbei, Leute redeten ... nein, es klang, als wäre es direkt in ihrer eigenen Wohnung.

Sie legte ihr Lesegerät beiseite, hielt den Atem an und wartete ab, ob sie das seltsame Geräusch noch einmal hörte.

Als sie es tat – und es klang näher –, erstarrte Macie. Dann hörte sie eine Stimme.

»Sei leise, du Idiot! Wir wollen doch nicht, dass sie aufwacht, bevor wir in ihrem Zimmer sind.«

»Sie hört sicher nicht, wie ich hier leise durch die Wohnung schleiche, sie wird *allerdings* hören, wie du Vollidiot sprichst. Also sei *du* verdammt noch mal leise!«

Ohne nachzudenken, schlug Macie die Decke zurück, griff nach ihrem Handy und eilte zu ihrem Schrank und dem winzigen Panikraum, der dahinter versteckt war. Doch bei den nächsten Worten der Personen, die sich in ihrer Wohnung befanden, erstarrte sie.

»Denk daran, wenn sie nicht im Bett ist, wenn wir in ihr Zimmer kommen, müssen wir hinten im Schrank nachsehen. Er hat gesagt, dort wird sie die Sachen versteckt haben und wahrscheinlich sich selbst auch. Wenn wir rechts auf die Rückwand drücken, öffnet sich die Tür.«

»Darf ich sie zuerst rannehmen?«

Macie atmete nun schwer und sie hatte ein Schwindelgefühl, aber sie zögerte nicht, sondern änderte den Kurs und steuerte stattdessen auf das Fenster zu.

Als jemand, der unter Angstzuständen litt, hatte sie dafür gesorgt, dass sie in ihrer Wohnung einen Ort hatte, an dem sie sich völlig sicher fühlen konnte. Sie hatte einen ortsansässigen Schreiner beauftragt, eine falsche Wand hinten in ihrem begehbaren Kleiderschrank einzubauen. Dahinter war gerade so viel Platz, dass sie sich bequem hinsetzen konnte. Sie nutzte den Platz, wenn sie absolute Dunkelheit und Ruhe brauchte oder wenn sie einfach von dem überwältigt war, was in ihrem Leben vor sich ging.

Aber dieses Versteck würde sie heute Nacht nicht beschützen. Wer auch immer die Männer in ihrer Wohnung waren, sie wussten davon, und es war offensichtlich der erste Ort, an dem sie nach ihr suchen würden.

Ihr gefiel definitiv nicht, wie sich der eine Mann anhörte, der sie »als Erster rannehmen« wollte.

Also griff sie zu Plan B.

Ihre erste Wahl würde immer darin bestehen, sich zu verstecken. Weit weg von der Welt. Abgeschirmt von neugierigen Augen und kritischen Blicken. Aber da sie pragmatisch war, wusste sie auch, dass sie sich nicht in der Wohnung verstecken konnte, wenn ein Tornado durchkam oder ein Feuer ausbrach. Sie brauchte einen Fluchtweg. Und das war der andere Grund, warum sie sich für diese Wohnung entschieden hatte.

Direkt vor ihrem Schlafzimmer stand ein großer Baum. Es war nicht leicht, aber sie konnte vom Fensterbrett auf den großen Ast springen, der senkrecht zum Boden in Richtung des Gebäudes wuchs. Sie wusste, dass sie dazu in der Lage war, weil sie es geübt hatte. Immer mitten in der Nacht, wenn niemand in der Nähe war, um zu sehen, was sie tat, damit sie nicht verurteilt wurde.

Jeden Augenblick ihres Lebens machte Macie sich Sorgen darüber, was die Leute von ihr dachten. Sahen sie sie an und lachten über ihre Kleidung? Sah ihr Haar seltsam aus? Nachdem sie jemanden kennengelernt hatte, fragte sie sich immer, ob sie die richtigen Dinge gesagt hatte, ob die Leute mit ihren Freunden über sie sprachen.

Es war ein Fluch, und sie hasste es, sich so zu fühlen, aber sie konnte es nicht abstellen. Sie nahm täglich ein Antidepressivum, um ihre Angst zu kontrollieren und die

Stimmen in ihrem Kopf zu beruhigen, die ihr ständig sagten, sie wäre nicht gut genug, nicht klug genug oder nicht in der Lage, ihre Arbeit zu erledigen. Und wenn es nötig war, nahm sie außerdem eine Tablette gegen Angstzustände ein, wodurch sie überhaupt nichts fühlte, und das war ein Segen, wenn ihre Ängste sie zu übermannen drohten.

Da sie wusste, dass ihre Wohnung nicht so groß war und sie nur wenige Sekunden Zeit hatte, bevor die Männer in ihr Zimmer kamen, öffnete Macie schnell das Fenster, dankbar dafür, dass sie kürzlich dafür gesorgt hatte, dass es in gutem Zustand war, und betrachtete den Ast des Baumes. Sie atmete in kurzen Stößen und spürte, wie ihre Fingerspitzen zu kribbeln begannen. Sie wollte unbedingt wieder hineinlaufen und ihre Medikamente holen, aber sie hatte keine Zeit.

»Denk daran, er weiß nicht sicher, ob sie das Zeug schon gefunden hat, wenn wir es ihm aber heute Nacht bringen, verdienen wir uns einen extra Tausender, also verschwende nicht zu viel Zeit mit der Schlampe.«

»Ach, komm schon. Mir gefällt es, wenn sie weinen und um sich schlagen. Das macht es nur noch besser.«

Man hörte das gedämpfte Geräusch eines Schlages und ein leises *Umpf,* bevor der erste Mann sagte: »Erst holen wir das Zeug. Wenn wir dann noch Zeit haben, kannst du dich mit ihr vergnügen.«

Die Männer flüsterten, aber sie konnte sie immer noch deutlich hören. Macie musste kein Nobelpreisträger sein, um zu wissen, worüber sie sprachen. Zumindest wenn es um den »Spaß« ging, den der eine Mann wollte. Sie hatte keine Ahnung, wonach sie möglicherweise suchten, aber sie hatte keine Zeit mehr, überhaupt darüber nachzudenken.

Wäre sie eingeschlafen, hätte sie sie nicht gehört, bis es zu spät gewesen wäre.

Macie duckte sich und kletterte auf das Fensterbrett, wobei sie ihr Handy in den Hosenbund ihrer Schlafshorts steckte. Es war ein Teil ihres Wesens, dafür zu sorgen, dass sie ihr Telefon immer bei sich hatte. Sie brauchte die Sicherheit, die es bot. Das kleine elektronische Gerät war eine Möglichkeit, Hilfe zu bekommen, wenn ihre Angst sie völlig überwältigte ... was mehr als einmal vorgekommen war.

Sie wünschte sich, sie könnte einen Weg finden, das Fenster zu schließen, nachdem sie gesprungen war, damit die Männer in ihrem Schlafzimmer nicht wüssten, wohin sie verschwunden war, aber es war zu spät, um jetzt daran zu denken.

Hyperventilierend starrte Macie den Ast an – und sprang.

Als sie auf dem Bauch auf dem Ast landete, entkam ihr ein *Uff.* Sie hielt sich so fest sie konnte, war aber extrem nervös und nicht sicher, ob sie sich festhalten konnte. Sie fühlte vage, wie ihre Innenschenkel brannten, weil sie sie an der rauen Rinde des Baumes aufgeschürft hatte, bemerkte den Schmerz aber kaum. Sie hatte wahrscheinlich höchstens dreißig Sekunden Zeit, bevor einer der Männer aus dem Fenster schaute. Sie würden vermutlich zuerst bemerken, dass das Bett leer war, und direkt in den Schrank gehen. Zumindest hoffte sie das. Das würde ihr ein bisschen Zeit verschaffen.

Macie bewegte sich rasch den großen Ast entlang, wobei sie sich an den kleineren Ästen über sich festhielt. Sie kletterte so schnell wie möglich nach unten und zählte gedanklich die Sekunden. Als sie das geübt hatte, hatte sie immer Jeans und Turnschuhe getragen. Nackte Füße und eine Pyjamahose waren einer Flucht mitten in der Nacht nicht gerade zuträglich.

Macie versuchte, leise zu sein und sich trotzdem so schnell wie möglich zu bewegen. Das Runterklettern fiel ihr schwerer, weil sie nicht die richtige Kleidung trug und ihr ganzer Körper zitterte. Als sie ihr Bein bis zum letzten Ast streckte, seufzte sie erleichtert auf und dachte, sie hätte es geschafft.

»Hey!«, rief eine tiefe Stimme über ihr.

Sie erschrak so sehr, dass sie den Ast verfehlte und etwa einen Meter tief zu Boden stürzte und auf ihrem Hintern landete. Ohne hoch zu ihrem Fenster zu schauen, sprang Macie auf die Füße und lief los. Während sie lief, zog sie ihr Handy heraus – das wie durch ein Wunder nicht aus ihrer Hose gefallen war, als sie an dem Baum hinuntergeklettert war – und drückte verzweifelt auf eine der gespeicherten Nummern, während sie darüber nachdachte, wo sie sich verstecken konnte.

Colonel Colton Robinson fuhr sich müde mit der Hand über das Gesicht. Es war genau zwei Uhr dreißig morgens und beide Delta Force-Teams beendeten ihre Nachbesprechung des Einsatzes, von dem sie gerade zurückgekehrt waren. Die vierzehn Männer, die aus zwei verschiedenen Teams stammten, hatten zusammengearbeitet, um eine hochrangige Zielperson, die sich in Afrika versteckt hatte, zur Strecke zu bringen. Logistisch gesehen waren die letzten anderthalb Wochen ein hartes Stück Arbeit gewesen, aber Colt hatte nie auch nur eine Sekunde an den Männern unter seinem Kommando gezweifelt.

Das Team von Ghost war älter und erfahrener und

neigte dazu, vorsichtiger vorzugehen. Alle sieben Männer waren verheiratet, einige hatten Kinder, sodass ihr Hauptanliegen darin bestand, sicher und gesund zu ihren Familien nach Hause zurückzukehren. Die Männer in Triggers Team hingegen waren jünger, meist Ende zwanzig oder Anfang dreißig, und alle waren ledig. Sie hatten kein Problem damit, Risiken einzugehen und alles Erforderliche zu tun, um den Auftrag zu erledigen.

Zusammen waren die vierzehn Männer die besten, die er jemals das Vergnügen hatte zu kommandieren. Colt vertraute jedem einzelnen von ihnen, und die letzte Mission war da keine Ausnahme gewesen. Die hochbrisante Bedrohung war neutralisiert worden und sie hatten es geschafft, ohne ihre Tarnung auffliegen zu lassen. Was die afrikanische Regierung und die Terrororganisation betraf, so war der Mann in einem Scharmützel vor Ort ums Leben gekommen, nicht durch die Hand des US-Militärs.

Colt wusste, dass alle bestrebt waren, nach Hause zu kommen, aber eine Nachbesprechung war erforderlich. Er hörte zu, als Lefty erklärte, wie sie das Gelände verlassen hatten, auf dem sich die hochrangige Zielperson versteckt hatte. Colt kannte alle Details, aber das Protokoll verlangte, dass sie es noch einmal durchgehen mussten.

Er hörte den unverwechselbaren Klang eines vibrierenden Handys, drehte sich zu dem links von ihm sitzenden Mann um und runzelte die Stirn. Truck wusste, dass sie ihre Handys nicht eingeschaltet haben durften, aber wenigstens hatte er den Anstand gehabt, es auf Vibrationsalarm zu stellen. Colt würde ihn nicht tadeln – wenn er Frau oder Kinder zu Hause hätte, dann würde er sicher auch wollen, dass sie ihn jederzeit erreichen könnten –, aber er starrte Truck an, um ihn wissen zu lassen, dass er auf einem schmalen Grat wanderte. Truck blickte auf sein

Mobiltelefon und runzelte die Stirn. Er hob das Handy ans Ohr.

»Mace? Was ma…«

In der Sekunde, in der Truck den Namen seiner Schwester sagte, richtete Colt sich auf seinem Stuhl auf und seine ganze Aufmerksamkeit galt dem Soldaten, der neben ihm saß.

Währen der letzten zwei Monate hatte er Truck so oft nach der Nummer seiner Schwester fragen wollen, aber er wollte Macie nicht mit seinen Avancen unter Druck setzen, wenn sie es nicht wollte. Und er musste annehmen, dass sie es nicht wollte, denn er hatte sie rundheraus gefragt, ob er sie wiedersehen könnte, als sie das letzte Mal zusammen waren – und sie hatte sich aus seinem Haus geschlichen, ohne ein Wort zu sagen oder ihm eine Möglichkeit zu lassen, sie zu kontaktieren.

Er wurde aus seinen Erinnerungen an das letzte Mal, an dem er Macie gesehen hatte, gerissen, als Truck aufstand und zur Tür ging, das Handy immer noch an seinem Ohr.

Ohne nachzudenken, stand Colt auf und folgte Truck. In letzter Sekunde drehte er sich zu der Gruppe von Männern um, die noch immer um den Tisch saß. »Wegtreten«, sagte er abwesend zu ihnen. Sie würden die Nachbesprechung später beenden.

»Sir?«, rief Ghost, als Colt gerade verschwinden wollte.

Er winkte ab und erwiderte: »Ich melde mich bei euch, falls wir euch brauchen sollten.« Und dann eilte er Truck den Gang entlang hinterher.

»Mace, sprich langsam. Was ist los?«, fragte Truck.

Colt gefror das Blut in den Adern. Schnell schloss er zu ihm auf und musste sich zusammenreißen, um Truck nicht das Handy aus der Hand zu reißen.

»Ich bin auf dem Weg«, sagte er gehetzt. »Such dir irgendwo ein Versteck. Ich bin gleich bei dir.«

Das war der Tropfen, der das Fass zum Überlaufen brachte. Colt hielt es nicht mehr aus. »Gib mir das Handy«, befahl er.

Truck suchte seinen Blick und zog überrascht und verärgert die Augenbrauen hoch.

Colt wackelte in einer auffordernden Geste mit den Fingern. »Gib sie mir. Du fährst. Ich rede.«

Überraschenderweise nickte Truck und reichte ihm das Handy. Beide Männer hasteten durch den Flur zur Tür, die zum Parkplatz führte. Colt fasste in seine Tasche und warf seinen Schlüsselbund zu Truck, während er gleichzeitig das Handy an sein Ohr hob. »Macie?«

»Ja?«, erwiderte sie schwach.

»Ich bin es, Colt. Wir haben uns auf Trucks Hochzeit kennengelernt. Was ist los? Wo bist du?« Er konnte ihren keuchenden Atem hören, weil sie hyperventilierte, und machte sich nur noch mehr Sorgen um sie.

»Meine Wohnung. Männer sind eingebrochen. Ich konnte entkommen, aber jetzt weiß ich nicht wohin.«

Colt rutschte bei ihren Worten das Herz in die Hose. Er und Truck kamen an seinem Jeep Wrangler an und sprangen hinein. Er holte sein eigenes Handy heraus und wählte die Nummer des Notrufs, dann reichte er es Truck. Der andere Mann ließ den Jeep an und begann gleichzeitig, mit dem Leitstellenbeamten der Polizei zu sprechen. Innerhalb von Sekunden rasten sie vom Parkplatz und fuhren auf das Eingangstor des Armeestützpunktes zu.

»Was siehst du um dich herum?«, fragte Colt Macie. »Sieh dich um, Macie. Beschreibe, was du siehst«, befahl er.

»Einen großen, offenen Parkbereich. Mit Bäumen am Rand.«

»Sind dort Lichter? Wagen, die dicht aneinander geparkt sind?«

»Lichter in der Nähe des Gebäudes, weiter weg, nicht so viele. Aber es gibt sehr viele Fahrzeuge. Oh, scheiße ...«, sagte sie.

»Was? Macie, rede mit mir«, fuhr Colt sie an.

»Ich kann die Männer hören«, flüsterte Macie. »Sie suchen nach mir.«

Das Entsetzen in ihrer Stimme sorgte dafür, dass Panik in Colt aufstieg, und er hielt sich das Handy einen Moment lang an den Oberkörper, um seine Fassung wiederzuerlangen. Dann wandte er sich an Truck. »Beeil dich. Fahr so schnell du kannst. Sie wird gejagt.«

In der Sekunde, in der die Worte seinen Mund verließen, fühlte Colt, wie der Jeep vorwärts schoss. Es war gut, dass es mitten in der Nacht und niemand auf der Straße war, denn Truck fuhr wie eine gesengte Sau.

Es waren dreißig Meilen bis Lampasas. Es gab keine Möglichkeit, rechtzeitig dort zu sein, um zu helfen, falls die Arschlöcher sie in die Finger bekämen. Truck hatte die Polizei gerufen, aber Colt wusste, dass das, was er Macie in den nächsten Minuten erzählte, über Leben und Tod entscheiden konnte.

»Halte dich von den Lichtern fern. Wenn es dunkel ist, können sie nicht genau sehen, wo du bist«, erklärte er ihr hektisch. »Hast du verstanden?«

»J-ja.«

»Haben sie dich schon gesehen?«

»I-ich glaube nicht.«

Sie atmete noch immer heftig und keuchend. Colt tat es in der Seele weh. »Gut. Geh auf die Fahrzeuge zu, die so weit wie möglich von den Lichtern entfernt sind. Verstecke dich unter einem davon. Nicht dahinter, sondern darunter.

Wenn es sein muss, kannst du dann unter das Fahrzeug daneben kriechen. Dann unter das nächste. Bleib in Bewegung, wenn es sein muss. Wenn möglich, arbeite dich so weit vor, bis du wieder in einem Abschnitt mit Fahrzeugen bist, den sie bereits überprüft haben. Als letzter Ausweg bleibt dir, dich zwischen den Bäumen zu verstecken, aber *nur*, wenn sie dich nicht sehen. Du darfst dich auf keinen Fall weiter von der Zivilisation entfernen, denn dann könnten die Männer mit dir machen, was sie wollen, ohne dass jemand dich hört oder sieht, verstanden?«

Sie antwortete ihm nicht, aber er hörte, dass sie immer noch schnell und flach atmete.

»Ich bin hier«, sagte er und zwang sich dazu, ruhig und gelassen zu reden. Er musste jetzt ihr Fels in der Brandung sein. Er konnte nicht zulassen, dass sie auch nur ein Quäntchen Panik in seiner Stimme hörte. »Ich bin für dich da, Macie. Du machst das klasse. Hör mir einfach zu. Du bist großartig. Ich bin mir sicher, dass sie nicht damit gerechnet hatten, dass du sie austrickst. Mach einfach so weiter, wie du das bis jetzt getan hast. Du schaffst das.« Colt hielt die Litanei des Lobes aufrecht, obwohl er das Telefon so fest umklammerte, dass er Krämpfe in den Fingern bekam.

Er warf einen Blick auf den Tacho und sah, dass Truck fast hundertsechzig fuhr. Der Wrangler zitterte leicht aufgrund der Geschwindigkeit, aber Colt konnte nur denken: *Fahr schneller. Gott, fahr einfach schneller.*

»Sie kommen in meine Richtung«, sagte Macie – und Colt ließ sein Kinn auf die Brust sinken, schloss die Augen und betete wie noch nie zuvor in seinem Leben.

Macie hatte keine Ahnung, was Colt morgens um halb drei

mit ihrem Bruder machte, aber sie konnte nicht leugnen, dass sie äußerst dankbar war. Sie zuckte nicht einmal zusammen, als Colt ihren Bruder Truck nannte. Offenbar hatte er den Spitznamen erhalten, als er der Armee beigetreten war. Sie versuchte, sich daran zu gewöhnen, ihn so zu nennen, aber weil er für sie Ford war, solange sie denken konnte, war es schwierig.

Und so sehr sie auch wusste, dass ihr Bruder ihr geholfen hätte, war es Colts ruhige Stimme, die dafür sorgte, dass sie nicht durchdrehte. Sie erinnerte sich, dass er sie während ihrer Panikattacke nach Trucks Hochzeit an sich gedrückt und mit seiner leisen, rauen Stimme beruhigt hatte. Wie sehr ihr das geholfen hatte. Er hatte sie beruhigt und ihr geholfen, sich aus dem dunklen Ort zu befreien, an den ihr Verstand sich verkrochen hatte.

Dasselbe geschah heute Abend. Sie war in Panik geraten und kopfüber über den Parkplatz gelaufen, ohne zu wissen, was sie tun oder wohin sie gehen sollte, als er sie gezwungen hatte, auf ihre Umgebung zu achten. Er gab ihr etwas, auf das sie sich konzentrieren konnte, und es fühlte sich gut an, ihm das Kommando zu überlassen, damit er ihr sagte, was sie tun sollte.

Sie hatte keine Ahnung, warum er sie nach der Hochzeit ihres Bruders nicht angerufen hatte. Er hatte sie um eine Verabredung gebeten und sie wollte unbedingt mehr Zeit mit ihm verbringen, aber er hatte sich nicht bei ihr gemeldet. Seine Zurückweisung hatte ihr wehgetan, aber sie war wirklich nicht überrascht. Sie war eine Nervensäge und niemand, der so erstaunlich war wie Colt, würde mit ihr zusammen sein wollen.

Im Moment hatte sie jedoch dringendere Probleme, über die sie nachdenken musste. Beim Blick zurück in Richtung des Gebäudes sah Macie kein Zeichen der Männer, die in ihre Wohnung eingebrochen waren, aber sie konnte ihre Schritte hören. Macie duckte sich hinter ein Fahrzeug und fiel auf die Knie.

Sie zuckte zusammen, ignorierte aber den Schmerz und kroch zwischen eine Reihe von Wagen, wobei sie darauf achtete, außer Sichtweite zu bleiben. Dann legte sie sich auf den Bauch und kroch unter eines der Fahrzeuge auf dem Parkplatz. Sie trug ein enges Trägerhemd und ihre Schlafshorts, weil sie es hasste, sich durch Kleidung eingeengt zu fühlen, wenn sie schlief.

»Macie?«, fragte Colt.

Sie öffnete den Mund, um zu antworten, hörte dann jedoch, wie einer der Männer zu seinem Freund sagte: »Sie muss hier irgendwo sein. All die anderen Fahrzeuge haben wir schon überprüft.«

Sie hatte das Gefühl, einen Herzinfarkt zu bekommen. Ihr wurde die Brust eng und sie konnte nicht mehr richtig atmen. Sie konnte aber auch nicht keuchen, um mehr Sauerstoff zu bekommen, weil die Männer sie dann gehört hätten.

Macie schalt sich innerlich selbst, weil sie ihren Bruder und nicht die Polizei angerufen hatte. Hätte sie das getan, wäre die Polizei bestimmt schon hier.

»Ganz ruhig, Mace«, sagte Colt an ihrem Ohr. Sie biss die Zähne zusammen und zwang sich dazu, auf seine Stimme zu hören statt auf die beiden Männer, die immer noch nach ihr suchten. »Du schaffst das. Du hast mir erzählt, dass du und Truck früher, als ihr klein wart, immer Soldaten gespielt habt. Das hier ist das Gleiche. Erinnerst du dich noch an den Nachmittag, an dem du dich in dem Busch versteckt hast und er dich nicht finden konnte? Versuch mal, das jetzt wieder zu tun. Dort, wo du bist, ist es dunkel, richtig? Wenn du dich still verhältst, werden sie dich nicht sehen. Sie werden einfach an dir vorbeilaufen.«

Macie nickte, obwohl Colt sie nicht sehen konnte. Sie hatte ihm davon erzählt, dass sie sich vor ihrem großen Bruder versteckt hatte, als sie nach Fords Hochzeit die Nacht bei Colt verbracht hatte. Sie war unter einen Busch neben dem Haus eines Nachbarn gekrochen und es war ihrem Bruder nicht gelungen, sie zu finden. Irgendwann war sie eingeschlafen und Ford war außer sich vor Sorge gewesen, weil er dachte, jemand hätte sie auf der Straße entführt. Er war Dutzende Male an ihrem Versteck vorbeigegangen, ohne zu wissen, dass sie dort war.

Es war jedoch nur eine Frage der Zeit, bis einer der Männer sie unter dem Wagen fand. Dies war kein Spiel und sie war kein Kind mehr. Macie war sich sicher, dass sie unter jedem einzelnen der Fahrzeuge nachschauten. Es würde nicht funktionieren, sich einfach unter den Wagen neben ihr zu rollen; irgendwann würden ihr die Autos ausgehen und sie würde festsitzen.

Schnell, immer noch bemüht, so leise wie möglich zu sein, trat Macie den Rückzug an. Ihre Knie waren ganz abgeschürft, aber sie spürte kaum, wie sich der raue Asphalt in ihre Haut grub. Sie schlängelte sich zur Rückseite des Geländewagens, unter dem sie zusammengekauert lag, und drehte sich um. Sie befand sich am Rande des Parkplatzes und da waren eine Reihe von Hecken, dann die Bäume und der Bach, die sie während der Arbeit so gern betrachtete.

Sie erinnerte sich an das, was Colt gesagt hatte, und widerstand dem Drang, aufzustehen und in Richtung der Bäume zu laufen. Stattdessen blieb sie auf Händen und Knien und kroch eilig zu der dichten Hecke. Sie schob sich zwischen den Blättern hindurch und war dankbar, dass es nicht Winter war und es tatsächlich Blätter gab, hinter denen sie sich verstecken konnte. Die Äste kratzten an ihren Armen, aber auch hier spürte sie die kleinen Stiche nicht. Mit einer Größe von über einem Meter siebzig war sie nicht gerade klein, aber sie zog ihre Knie an die Brust und schlang einen Arm um sie. Sie brachte das Telefon an ihr Ohr und drückte ihren Kopf auf die Knie, wobei sie versuchte, sich so klein wie möglich zu machen.

»Ich bin in die Büsche gekrochen«, flüsterte sie tonlos. »Colt?«

»Ja, Mace? Ich bin hier. Hast du dich versteckt? Bist du in Sicherheit? Suchen die Männer noch nach dir?«

»Ich kann nicht atmen.«

»Doch, das kannst du. Du machst das toll. Einatmen, ausatmen. Erinnerst du dich, wie du vor ein paar Wochen in dieser Nacht zusammen mit mir geatmet hast? Mach die Augen zu. Stell dir vor, wir wären wieder in meinem Bett. Ich liege hinter dir, meine Hand auf deinem Oberkörper. Einatmen ... und ausatmen. Atme langsam, Mace. Genau so. Sie werden geradewegs an dir vorbeilaufen. Sie können dich nicht sehen. Einatmen ... und ausatmen. So ist es richtig. Das machst du großartig.«

Erstaunlicherweise funktionierte seine Stimme in ihrem Ohr zusammen mit der Tatsache, dass sie sich in den Oberschenkel zwickte, um zu versuchen, ihre Aufmerksamkeit von ihrer Situation abzulenken. Sie atmete mit ihm und gab keinen Laut von sich. Macie konnte fühlen, wie sich ihre Lunge ein wenig entspannte.

»Du fängst da drüben an, ich fange hier an. Wenn sie nicht unter einem der Autos ist, hat sie sich wahrscheinlich zwischen den Bäumen versteckt. Dann können wir sie aufhalten und herausfinden, ob sie die Sachen gefunden oder die Bullen darüber informiert hat.«

»Und dann kann ich meinen Spaß mit ihr haben?«, fragte der andere Mann.

»Mein Gott, kannst du an gar nichts anderes denken? Ja, wenn sie uns alles gesagt hat, kannst du mit ihr machen, was zum Teufel du willst.«

Die Stimmen waren laut genug, sodass Colt sie hören konnte.

»Hör gar nicht auf sie, Mace. Konzentriere dich auf mich. Du machst das spitze. Wir sind fast da. Du musst nur noch ein paar Minuten durchhalten, das schaffst du. Und zwar problemlos.«

Colts Stimme war fast genauso gut gegen ihre Angstzustände und Panikattacken wie die Medikamente, die sie dafür bekommen hatte. Aber nur fast.

Macie hörte, wie die Männer ihrem Versteck immer näher kamen, und spürte, wie ihre Atmung wieder hektisch wurde. Sie konnte nichts dagegen tun. Sie würden sie finden und sie foltern, bis sie ihnen die Informationen gab, die sie haben wollten. Sie hatte nicht die geringste Ahnung, wonach sie suchten, als sie bei ihr eingebrochen waren, aber sie würde ihnen sagen, was sie hören wollten, solange sie ihr nicht wehtaten.

»Gaaaaaanz ruhig. Du packst das.«

Aber das war es ja gerade. Sie packte es eben *nicht*. Aber auf irgendeine wundersame Weise schien Colt davon überzeugt zu sein, dass sie es tat. Seine Stimme war immer noch ruhig und kontrolliert.

»Verdammt. Sie ist nicht hier«, beschwerte sich einer der Männer, nachdem beide an ihrem Versteck vorbeigegangen waren.

»Komm schon, sie muss hier irgendwo sein. Schließlich ist sie barfuß und hat ihren verdammten Schlafanzug an. Keines der Fahrzeuge hat den Parkplatz verlassen, also ist sie nicht weggefahren. Die blöde Schlampe versteckt sich einfach nur vor uns. Du gehst da lang und ich werde ...«

Er beendete abrupt den Satz, als er in der Ferne das Heulen von Sirenen hörte.

»Verdammt. Sie hat die Scheißbullen gerufen«, sagte der Mann, der »sie mal so richtig rannehmen« wollte. »Wir müssen von hier verschwinden.«

»Verdammt, den Extratausender können wir uns abschminken«, beschwerte sich der andere Mann. »Wir kommen wieder, wenn die Polizei verschwunden ist. Sie wird uns dann nicht noch einmal entkommen.«

Macie rührte keinen Muskel, nachdem die Männer weggelaufen waren. Sie blieb, wo sie war, und weigerte sich, etwas Dummes zu tun, wie zum Beispiel ihr Versteck zu früh zu verlassen, damit die Männer sie doch noch erwischten, nachdem sie alles Mögliche getan hatte, sich von ihnen fernzuhalten.

»Ist das eine Sirene?«, fragte Colt, der immer noch am Telefon war.

Macie nickte, obwohl sie wusste, dass er sie nicht sehen konnte, aber sie war einfach nicht dazu in der Lage zu sprechen. Ihre Stimmbänder hatten sich zusammengezogen und verweigerten die Kooperation. Sie hatte trockene Lippen und nicht genügend Speichel im Mund, um sie zu lecken.

»Komm noch nicht aus deinem Versteck, Süße. Bleib einfach, wo du bist. Wir werden in«, er machte eine Pause und Macie stellte sich vor, wie er zu ihrem Bruder hinübersah, »weniger als zehn Minuten bei dir sein. Und selbst wenn du die Polizei hörst, bleib einfach, wo du bist. Truck erklärt dann der Polizei, dass du zu große Angst hast, um herauszukommen. Dadurch bekommst du keinen Ärger, verstanden?«

Macie nickte erneut, sagte aber nichts.

»Ich bin so stolz auf dich, Mace. Du machst das wirklich großartig. Du hast genau das Richtige getan. Du hast deine Wohnung verlassen, um Hilfe gerufen und dich versteckt. Und das ist wirklich genau das, was man in einer solchen Situation tun sollte.«

Sein Lob war wie Balsam für ihre Seele. Sie war sich nicht sicher, ob sie ihm glauben sollte – sie selbst fühlte sich eher wie ein riesiger Feigling –, aber jetzt, genau in dieser Sekunde, beschloss sie, sich seine Worte zu Herzen zu nehmen.

Sie hörte, wie die Sirene immer lauter wurde, konzentrierte sich aber weiterhin auf Colt. Ihr war klar, dass sie in Panik verfallen würde, wenn sie das nicht tat.

Colt ignorierte die Blicke, die Truck ihm vom Fahrersitz aus zuwarf. Er wusste, dass der andere Mann später noch ein Hühnchen mit ihm zu rupfen hatte ... nicht dass er ihm einen Vorwurf machen konnte. Er war gerade dabei, seine Schwester wieder kennenzulernen, und hatte offensichtlich nicht gewusst, dass sie unter Angstzuständen litt – oder dass sein Kommandant nach Trucks Hochzeit die Nacht mit ihr verbracht hatte.

Sie hatten nichts getan, aber Colt war davon überzeugt, dass das für Truck keine Rolle spielen würde.

Sein ganzes Augenmerk lag im Moment auf Macie. Er konnte sie am anderen Ende der Leitung atmen und die Sirenen im Hintergrund heulen hören, aber vor allem hörte er nicht mehr die Männer, die nach ihr suchten.

Er fuhr mit seiner Litanei beruhigender Worte fort, denn er wollte nicht, dass sie aus ihrem Versteck kam, bis er zu ihr gelangen konnte. Er hielt sich am Griff über seinem Kopf fest, während Truck wie besessen weiterfuhr. Truck machte keine halben Sachen. Er reizte den Wrangler voll aus, bis nichts mehr ging. Es war ein Wunder, dass sie nicht von einem Polizisten angehalten worden waren. Selbst mit seinem Ausweis und der Tatsache, dass Truck mit der Notrufzentrale telefonierte, war er sich nicht sicher, ob die Polizei es gut finden würde, wie rücksichtslos Truck fuhr.

Truck hörte auf zu telefonieren und Colt sah zu ihm hinüber. Die Lippen des anderen Mannes waren fest aufeinandergepresst und er sah aus, als wäre er etwa zwei Sekunden davor durchzudrehen. Colt wollte Truck sagen, er sollte sich zusammenreißen, dass seine Schwester auf keinen Fall gebrauchen könnte, dass er ausflippte, aber er konnte es nicht, denn er sprach immer noch mit Macie.

»Macie? Wir sind fast da. Ich sehe dein Wohngebäude direkt vor mir. Es ist beleuchtet wie ein Weihnachtsbaum, so viele Polizeiwagen mit Blaulicht stehen davor. Du bist in Sicherheit. Wir sind da. Bleib, wo du bist, bis ich dich hole, okay?«

Als Antwort murmelte sie etwas. Und selbst dieses einfache Geräusch sorgte schon dafür, dass er sich besser fühlte.

Er wusste nicht ganz genau, wo sie sich versteckt hatte, aber nachdem Truck auf den Parkplatz gefahren war, sah er sich um und versuchte, alles aus Macies Perspektive zu sehen.

»Wo ist ihre Wohnung?«, fragte er Truck. Dieser zeigte zu einem Gebäude links von ihnen.

Colt nickte, stieg aus dem Jeep und ging in diese Richtung. Doch dann hielt Truck ihn auf, indem er ihm die Hand auf den Arm legte. »Du holst meine Schwester und ich rede mit der Polizei. Aber danach müssen wir uns mal unterhalten, *Sir*.«

Er erwähnte den Rang am Ende seines Satzes so, dass daraus überdeutlich hervorging, wie sehr das Verhalten seines kommandierenden Offiziers ihn irritierte.

Colt nickte ihm zu, drehte sich um und ging auf eine Reihe von Fahrzeugen hinten auf dem Parkplatz zu. Ein Teil des Parkplatzes war nicht beleuchtet und er konnte in der Ferne dunkle Formen erkennen, die er für die Bäume hielt, die Macie ihm beschrieben hatte.

Er erinnerte sich daran, wie sie darüber gesprochen hatte, wie schön sie waren und wie gern sie sie ansah, wenn sie an ihrem Schreibtisch in ihrer Wohnung arbeitete. Sie hatte sich von ihrer Panikattacke nach dem Hochzeitsempfang erholt und lag entspannt und warm in seinen Armen. Gleich danach hatte Colt ihr gesagt, dass er sie zum Essen einladen wollte, und sie hatte weder zugestimmt noch widersprochen. Er hatte das als gutes Zeichen aufgefasst, aber natürlich hatte er sich geirrt, denn sie war am nächsten Morgen gegangen, ohne ein Wort und ohne ihn zu wecken.

Colt schüttelte seine Erinnerungen ab und konzentrierte sich darauf, Macie zu finden. »Ich bin jetzt hier«, sagte er ruhig ins Telefon. »Am besten kommst du jetzt raus, damit ich dich holen kann. Wenn diese Männer dich nicht finden konnten, kann ich es schon gar nicht.« Das war eine Lüge, weil er ihr versichern wollte, dass sie in ihrem Versteck in Sicherheit war. Dass sie ihre Sache gut gemacht hatte.

»Mace? Du kannst jetzt rauskommen. Dein Bruder ist hier. Du bist in Sicherheit.«

Er wartete einen Moment lang ... dann hörte er links von sich ein Rascheln. Er drehte sich zu der Hecke um, die viel zu dürftig aussah, um eine ausgewachsene Frau zu verstecken, aber Macie kroch tatsächlich aus dem Gebüsch.

Er beendete das Gespräch und steckte sich Trucks Telefon in die Gesäßtasche, während er auf Macie zu joggte. Sie war auf Händen und Knien, und sie schaute mit großen Augen zu ihm auf.

Ohne nachzudenken, fiel er auf die Knie und nahm sie in die Arme. Anstatt sich zurückzuziehen, klammerte sie sich so fest an ihn, dass er nicht sagen konnte, wo sie endete und er begann. Er spürte, wie ihr Herz viel zu schnell gegen seine Brust schlug, und sie vergrub ihr Gesicht zwischen seinem Hals und seiner Schulter. Sie schlang ihre Arme um ihn und klammerte sich an seinen Rücken. Es war, als versuchte sie buchstäblich, in ihn hineinzukriechen.

»Pssst«, murmelte er. »Ich bin bei dir. Du bist in Sicherheit.«

Macie weinte nicht. Sie hielt sich einfach an ihm fest, als wäre er das Einzige, was zwischen ihr und dem sicheren Tod stand. In gewisser Weise war das ja vielleicht sogar der Fall gewesen.

Wie lange sie so dastanden, konnte er nicht sagen. Er wusste nur, wie gut sie sich in seinen Armen anfühlte und wie verdammt erleichtert er war, dass es ihr gut ging. Schließlich zwang Colt sich, seinen Griff zu lockern und sich von ihr zurückzuziehen. Sie wehrte sich, aber er griff nach oben und nahm ihre Handgelenke in seine Hände. Ihr Puls hämmerte immer noch, als wäre sie ein paar Kilometer gelaufen.

»Hi, Mace«, sagte er mit einem Lächeln.

Sie versuchte, ihn anzulächeln, doch schon bald verblasste es.

»Bist du verletzt?«

»Nein. Zumindest glaube ich das nicht«, sagte sie leise.

Colt untersuchte sie, so gut er konnte, aber da es in dieser Ecke des Parkplatzes dunkel war, konnte er nicht viel sehen. Sie trug ein dunkel gefärbtes Trägerhemd und dazu passende Shorts. Kurz dachte er daran, was für ein Glück es war, dass sie nicht Weiß getragen hatte, bevor er langsam aufstand und sie mit sich zog.

»Oh!«, rief sie, als sie sich erheben wollte und ihre Knie plötzlich unter ihr nachgaben.

Colt verschwendete keine Zeit damit zu fragen, was denn los war. Er legte einfach nur einen Arm hinter ihren Rücken und einen unter ihre Knie und hob sie hoch.

Sie hielt sich an ihm fest. »Lass mich bloß nicht fallen.«

»Natürlich nicht. Du wiegst auch nicht mehr als die Rucksäcke, die wir bei unseren Einsätzen tragen«, versicherte Colt ihr. »Ich hab dich.« Er sah, dass sie ihr Handy immer noch in der Hand hielt, und machte sich nicht die Mühe, ihr zu sagen, sie sollte es weglegen. Erstens hatte er keine Ahnung, wo sie es hintun sollte, aber was viel wichtiger war, es war ihre Rettungsleine gewesen, und er würde sie so lange daran festhalten lassen, wie sie es brauchte, wenn sie sich dadurch sicherer fühlen würde.

Er begann, auf die blinkenden Lichter der Polizeiautos zuzugehen, wo sie zweifellos Truck finden würden.

Sie legte ihren Kopf auf seine Schulter und Colt fühlte sich, als wäre er drei Meter groß. Er liebte es, wie Macie in seine Arme passte, wie sie sich anfühlte. Es machte ihm nichts aus, dass sie unter Panikattacken litt. Niemand war perfekt. Und wenn er es schaffte, dass sie sich besser fühlte, nicht nur mit sich selbst, sondern auch mit den Dingen, die in ihrem Leben vor sich gingen, wäre er zufrieden.

KAPITEL ZWEI

Macie saß seitlich auf einem Stuhl an ihrem Esszimmertisch und beobachtete mit wachsamen Augen, wie die Polizei und die Kriminalbeamten durch ihre Wohnung wanderten. Truck stand mit vor der Brust verschränkten Armen und einem finsteren Gesichtsausdruck zu ihrer Linken. Nachdem er ihr eine Decke um die Schultern gelegt hatte, hatte Colt sich vor sie gesetzt und ihre Hand gehalten. Tatsächlich hatte er sie nicht mehr losgelassen, seit er sie von ihrem Versteck weggetragen hatte.

»Warum erzählen Sie mir nicht alles, was heute Abend passiert ist«, bat der Kriminalbeamte, der ihr gegenübersaß, in sachlichem Ton.

»Sie muss erst ihre Medikamente nehmen«, erklärte Colt und wandte sich dann an Macie. »Bewahrst du deine Tabletten im Badezimmer auf?«

Sie nickte. »Ich kann sie schnell holen«, erklärte sie ihm leise.

»Ich mache das schon. Wonach muss ich suchen?«, wollte Truck wissen.

Macie blickte hinab in ihren Schoß. Sie hatte nicht

gewollt, dass Truck so herausfand, wie kaputt sie war. Er war mutig, stark und fantastisch, und er würde sich sicher nicht mit seiner verrückten Schwester abgeben wollen. Er würde …

»Macie«, sprach Colt sie an und sorgte dafür, dass sie den Kopf hob und ihn ansah. »Wo sind deine Tabletten?«

»Im Schränkchen links neben dem Waschbecken. Ich brauche eine von den Tabletten gegen Angstzustände«, erklärte sie ihm.

»Ich bin gleich wieder da«, sagte Truck.

»Ich weiß, dass das schwierig für dich ist, aber du machst das großartig«, versicherte Colt ihr. »Halt nur noch ein wenig länger durch und dann gehen wir an einen ruhigen Ort, an dem du dich entspannen kannst, okay?«

Macie nickte. Sie hatte keine Ahnung, wo das sein könnte, aber sie wusste, Colt wollte, dass sie zustimmte, also tat sie es. Ihr Kopf hämmerte und sie war noch immer angeschlagen von ihrer Panikattacke. Und das Schlimmste war, dass ihr Albtraum noch nicht vorbei war. Sie musste über das reden, was passiert war und was sie gehört hatte. Dann würden ihr Bruder, Colt und die Polizei weggehen und sie wäre wieder allein, und die Männer hatten gesagt, sie kämen wieder und …

Dieses Mal schob Colt einfach seine Hand in ihre und hielt sie fest. Er schien immer zu wissen, wann sie in ihren Gedanken verloren war, wann sie sich zu sehr sorgte.

Innerhalb weniger Sekunden war Truck wieder da und hielt eine kleine Tablette in der Hand. Er reichte ihr ein Glas mit Wasser und sie schluckte die Tablette dankbar hinunter. Wenn es jemals einen Zeitpunkt gab, an dem sie betäubt werden musste, dann jetzt.

»Lass dir ruhig Zeit«, sagte Colt sanft. »Wenn du bereit

bist, kannst du uns erzählen, was heute Abend hier passiert ist.«

Macie wollte es so schnell wie möglich hinter sich bringen, also zögerte sie nicht. »Da ich nicht schlafen konnte, habe ich noch gelesen. Dann habe ich ein merkwürdiges Geräusch gehört und kurz darauf, wie zwei Männer sich unterhielten. Sie verhielten sich relativ leise und wenn ich geschlafen hätte, hätte ich sie sicher nicht gehört, aber da ich wach war, habe ich sie gehört.« Sie wusste, dass sie sich nicht besonders redegewandt ausdrückte, doch niemand unterbrach sie, wofür sie ausgesprochen dankbar war.

»Was haben sie gesagt?«, fragte der Kriminalbeamte.

Macie griff Colts Hand unbewusst stärker. Sie wollte nicht wiederholen, was sie gesagt hatten. Was, wenn Colt beschloss, sie für das, was heute Abend geschehen war, verantwortlich zu machen? Was, wenn Ford beschloss, dass sie den Aufwand nicht wert war, und sich von ihr distanzierte?

»Atme«, sagte Colt leise. »Du bist in Sicherheit. Dein Bruder und ich werden nicht zulassen, dass dir irgendetwas passiert.«

Sie sah zu ihm hoch und bemerkte die Ehrlichkeit in seinem Blick. Sie hatte keine Ahnung, was ein Mann wie Colt hier bei ihr machte. Sie war wirklich ein nervliches Wrack. Ein *totales* Wrack. Aber sie war außerdem so willensschwach, dass es ihr jetzt ganz egal war. Sie brauchte ihn.

»Erst stritten sie darüber, ob ich sie hören konnte oder nicht. Sie wussten von meinem Panikraum. Sie wollten erst mal sehen, ob ich im Bett lag, und wenn nicht, hätten sie als Erstes in dem kleinen Panikraum in meinem Schrank nachgesehen.«

»Sie haben einen Panikraum?«, fragte der Kriminalbeamte und richtete sich in seinem Stuhl auf.

»Es ist eigentlich kein *richtiger* Panikraum. Nur eben ein Ort, an den ich mich zurückziehen kann, wenn ich völlige Dunkelheit brauche. Ich habe Migräne und dann hilft es, wenn ich mich irgendwo aufhalte, wo es kein Licht gibt«, erklärte Macie. Sie hätte weiterreden und dem Polizeibeamten erzählen können, dass dies manchmal der einzige Ort war, an dem sie sich sicher fühlte, dass sie sich dort gern versteckte, wenn sie von ihrer Angst überwältigt wurde, aber da sie immer darauf bedacht war, wie die Leute sie wahrnahmen, hielt sie den Mund.

»Wie groß ist der Raum?«, fragte der Kriminalbeamte.

»Er ist ganz klein. Vielleicht ein mal zwei Meter. Ich habe einfach eine falsche Wand in meinen begehbaren Kleiderschrank einsetzen lassen«, erklärte sie.

»Okay, erzählen Sie weiter. Was ist dann passiert?«

Macie atmete tief durch und sprach weiter. »Die Männer waren hier, um irgendetwas zu holen. Sie haben gesagt, dass sie einen Bonus von der Person bekommen würden, die sie angeheuert hatte, wenn es ihnen gelänge, es heute Nacht zu besorgen.«

Sie warf ihrem Bruder einen Blick zu und sah, wie er sich erregt mit der Hand durch die Haare fuhr. Allein ihn so gestresst zu sehen ließ ihren eigenen Angstpegel steigen.

Macie benutzte ihre freie Hand, um sich in den Oberschenkel zu kneifen. Manchmal half der leichte Schmerz, sie für den Moment zu erden, und hielt sie davon ab, völlig auszuflippen. »Ja. Sie haben gesagt, dass sie gekommen waren, um etwas zu holen.«

»Und wonach haben sie gesucht?«, unterbrach der Kriminalbeamte sie.

Macie hatte mit der Frage gerechnet. Und sie hatte selbst schon darüber nachgedacht, was um alles in der Welt sie bei ihr gesucht hatten, aber ihr war nichts eingefallen. Da sie wusste, wie wichtig es war, dass der Kriminalbeamte ihr glaubte, hob sie den Kopf und sah ihm in die Augen. »Ich weiß es nicht. Ich weiß nicht, wer die Männer waren, die eingebrochen sind. Ich weiß nicht, was sie suchten. Ich weiß nicht, woher sie von meinem Schutzraum wussten. Ich weiß nicht, warum sie sich für jemanden wie mich interessieren sollten. Ich bin ein Niemand. Ich treffe mich nicht mit vielen Leute. Ich arbeite von zu Hause. Meistens kommuniziere ich nur online mit den Menschen. Ich verstehe *nichts* von all dem.«

Sie spürte, wie Colt ihre Hand drückte. Dann fühlte sie, wie er ihr die andere Hand vom Oberschenkel nahm und die Stelle, in die sie gezwickt hatte, sanft rieb. Es war fast unheimlich, wie sehr er sie *wahrnahm*. Es war ihr unangenehm, aber gleichzeitig fühlte es sich gut an.

»Wie bist du entkommen?«, fragte Colt.

Sie richtete ihren Blick auf ihn. Sie mochte es lieber, seine warmen, mitfühlenden Augen zu sehen als das verhärtete Gesicht des Kriminalbeamten. Sie merkte, dass der Polizist ihr nicht glaubte. Dass er dachte, sie verheimlichte etwas. Wenn sie gewusst hätte, hinter was die Männer her waren, hätte sie es ihnen gegeben, ohne Fragen zu stellen. Schließlich wollte sie auf keinen Fall von jemandem bedroht werden. »Ich bin aus meinem Fenster gesprungen«, erklärte sie nüchtern.

»Oh mein Gott«, fluchte Truck.

Macie zuckte zusammen, als sie den harten Ton ihres Bruders hörte.

»Mehr, Macie. Erzähl uns mehr«, erklärte Colt nachdrücklich.

Sie atmete tief durch und sah weiterhin Colt an. »Du weißt doch, dass ich immer einen Fluchtweg brauche. Bei dir zu Hause habe ich auch nach einem gesucht.«

Er nickte. »Als Erstes hast du aus den Fenstern geblickt und getestet, ob du eines in meinem Schlafzimmer öffnen konntest, um herauszufinden, wie du bei Bedarf mein Haus verlassen könntest.«

»Genau. Denn im Falle eines Feuers oder eines Erdbebens muss ich wissen, wohin ich fliehen kann. Was ich tun kann.«

»Das ist logisch. Sprich weiter«, bat Colt sie.

»Vor meinem Fenster ist ein großer Baum. Seinetwegen habe ich mir ausgerechnet diese Wohnung ausgesucht. Er reicht nahe genug an mein Schlafzimmer und hat große Äste, sodass ich im Bedarfsfall darauf springen und nach unten klettern kann.«

»Und so hast du dir die hier eingefangen?«, fragte Colt und strich sanft mit den Fingerspitzen über ihre Kratzer an Armen und Beinen.

Macie zuckte mit den Achseln. »Ein paar davon. Die Kratzer an den Knien habe ich bekommen, als ich über den Parkplatz gekrochen bin.«

»Mace«, entgegnete Truck und kniete sich vor sie hin, »verdammt, es tut mir so leid. Aber ... du musst wissen, dass ich verdammt stolz auf dich bin.«

Sie blinzelte. Stolz auf sie? Er war *stolz* auf sie?

»Ich habe mich wie ein Feigling verhalten«, erklärte sie ihm. »Ich hatte solche Angst. Ich habe nicht einmal die Polizei gerufen. Wären du und Colt nicht gewesen, hätten diese Burschen mich mit Sicherheit geschnappt.«

Truck hob die Hand und strich ihr das Haar aus dem Gesicht. »Du bist auf *keinen* Fall ein Feigling«, schalt er sie. »Du hast genau das Richtige gemacht. Du bist vor der Situation geflohen. Glaub mir, das ist das Wichtigste, was du tun musstest.«

»Okay. Sie sind also aus dem Fenster gesprungen und

den Baum hinuntergeklettert. Dann haben Sie sich versteckt, richtig? Und die Männer haben Sie verfolgt?«, fragte der Kriminalbeamte, der ganz offensichtlich die Befragung hinter sich bringen wollte.

Truck strich ihr noch einmal über die Wange, stellte sich hin und lehnte sich dann wieder an die Wand.

Macie räusperte sich. »Ja. Colt hat mir gesagt, ich solle mich verstecken, also bin ich unter ein Fahrzeug im hinteren Teil des Parkplatzes gekrochen. Aber irgendwie sind die Männer davon ausgegangen, dass ich mich wahrscheinlich dort verstecken würde, also haben sie mich gesucht. Ich bin unter dem Wagen, unter dem ich mich versteckt hatte, hervorgekrochen und habe mich in einem Busch versteckt. Dort blieb ich zusammengekauert sitzen, bis die Männer vom Heulen der Polizeisirenen vertrieben wurden.«

»Haben sie sonst noch etwas gesagt?«, wollte der Kriminalbeamte wissen. »Können Sie uns irgendetwas sagen, das uns dabei hilft, diese Männer zu schnappen?«

Sie hasste den ungeduldigen Unterton in seiner Stimme und wünschte sich, dass sie ihm genau sagen könnte, wer die Männer waren und was sie in ihrer Wohnung gesucht hatten. »Sie sagten, sie würden zurückkommen, um das zu holen, wonach sie gesucht hatten.«

»Du wirst heute Nacht auf keinen Fall hier schlafen – und auch vorläufig erst mal nicht«, erklärte Truck nachdrücklich. »Du kannst bei mir und Mary wohnen.«

Macie schüttelte bereits mit dem Kopf, bevor er zu Ende gesprochen hatte. »Ich kann nicht bei euch wohnen. Ihr habt gerade erst geheiratet.«

»Also, hier wirst du jedenfalls nicht bleiben«, wiederholte Truck. »Mace, sie haben gesagt, sie würden zurückkommen. Du bist hier nicht sicher.«

Sie *wusste* das. Sie war diejenige, die aus dem Fenster springen musste. Sie war diejenige, die sich das Gerede des einen Mannes anhören musste, der ihr wehtun wollte. Sie war diejenige, die auf dem Parkplatz herumkriechen musste, um zu versuchen, sich zu verstecken.

Zum ersten Mal seit langer Zeit war sie wütend. Auf die Situation, auf Ford, der etwas sagte, das ihr bekannt war. Aber sobald das Gefühl sie überkam, schob sie es weg. Wut war es, mit der sie vor all diesen Jahren ihren Bruder weggestoßen hatte.

»Sie kann bei mir bleiben«, sagte Colt und lenkte damit erfolgreich Macies Aufmerksamkeit auf sich.

»Was?«, fragte sie.

»Das ist eine gute Idee«, sagte der Kriminalbeamte.

Macie sah von einem Mann zum anderen und wusste nicht, was sie sagen sollte.

»Macie, sieh mich an«, bat Colt sie leise.

Sie wandte sich zu ihm um.

»Was möchtest *du* tun? Was denkst du?«

»Ich will nicht hierbleiben«, platzte sie heraus. »Einer der Männer war fest entschlossen, mich in die Finger zu bekommen, und zwar nicht auf eine gute Art und Weise, wenn du verstehst, was ich meine. Aber ich will nicht bei meinem Bruder bleiben, weil er und Mary gerade erst geheiratet haben, und ich will da nicht dazwischenfunken. Aber ich will ihn auch nicht wütend machen, indem ich bei *dir* bleibe.« Sie senkte die Stimme zu einem kaum wahrnehmbaren Flüstern. »Das letzte Mal, als ich mich mit ihm gestritten habe, habe ich ihn fast zwanzig Jahre lang nicht mehr gesehen.«

Und schon war Truck wieder an ihrer Seite. »Mace ... was redest du denn da?«

Macie biss sich auf die Lippe und konnte ihn nicht ansehen. Stattdessen starrte sie auf seine Schulter. »Bevor du zur Armee gegangen bist, haben wir uns gestritten, und du warst so sauer auf mich, dass du nie wieder nach Hause gekommen bist. Du hast nicht geschrieben und jahrelang nicht mehr mit mir geredet. Ich will nie wieder etwas tun, das dich so wütend auf mich macht.«

»Mercedes Laughlin«, erklärte Truck sanft, aber streng, »sieh mich an.«

Sie wollte es nicht tun. Sie wollte es *wirklich* nicht. Sie konnte spüren, wie er sie verurteilen würde. Ihre Atmung ging schneller und sie kniff sich erneut in den Oberschenkel in dem Versuch, eine weitere Panikattacke abzuhalten.

»Immer mit der Ruhe, Truck«, bat Colt.

»Macie«, erklärte ihr Bruder in einem sanfteren Tonfall, wobei er sich ein wenig zu ihr lehnte, ohne sie jedoch zu berühren, »wir haben uns zwar in jener Nacht, bevor ich abgereist bin, gestritten, aber am nächsten Morgen habe ich schon nicht mehr daran gedacht. Geschwister streiten sich eben. Das passiert. Ich habe mir Sorgen um dich gemacht. Du weißt doch, dass ich den Typen, mit dem du dich getroffen hast, nicht mochte. Aber wir waren Teenager. Und ich habe dir sehr wohl geschrieben. Sogar *jahrelang*. Aber als ich nichts von dir gehört habe, dachte ich, dass du immer noch wütend auf *mich* warst.«

Macie hob den Kopf und starrte ihren Bruder an. »Wirklich?«

»Ja, Mace. Ich liebe dich. Das habe ich immer und ich werde es immer tun. Ich habe dich sogar angerufen. Mehrmals. Zu Weihnachten. An deinem Geburtstag. Aber Mom hat mir immer gesagt, dass du nicht mit mir reden willst«, entgegnete Truck.

»Ich wusste nicht, dass du angerufen hast«, erwiderte sie schockiert. »Und Briefe habe ich auch keine bekommen.«

Und da wurde Trucks Gesicht zu Stein. »Unsere verdammten Eltern«, murmelte er leise.

»Sie haben gesagt, dass du *meinetwegen* nicht mehr nach Hause zurückgekehrt bist. Weil ich eine schreckliche Schwester bin. Wegen des ...«

Doch sie ertappte sich dabei, wie sie etwas Falsches sagen wollte, und machte schnell den Mund zu.

»Des was?«, fragte Truck.

Macie schüttelte den Kopf.

Truck seufzte. »Ich habe mir damals Sorgen um dich gemacht, und ich mache mir auch jetzt Sorgen um dich. Aber ich bin nicht böse auf dich. Ich habe dich gerade erst wiedergefunden; *nichts* wird mich davon abhalten, mit dir zu sprechen. Dich besser kennenzulernen. Ich liebe dich, Schwesterherz.«

»Aber du willst nicht, dass ich bei Colt bleibe. Warum nicht?«

Sie sah dabei zu, wie Ford tief durchatmete. Er sah zu Colt hinüber und dann wieder seine Schwester an. »Du bist meine Schwester. Niemand ist gut genug für dich. Es gefällt mir nicht, dass ich nicht wusste, dass ihr euch bei meiner Hochzeit so ... nahegekommen seid.«

Ohne Colt anzusehen, fand sie irgendwie den Mut zu fragen: »Hat er keinen guten Charakter?«

Sie spürte, wie Colt ihre Hand drückte, doch er unterbrach nicht und sagte auch sonst nichts dazu.

»Er hat einen fantastischen Charakter«, erwiderte Truck, ohne zu zögern. »Ich würde ihm mein Leben anvertrauen. Ich hätte keinerlei Zweifel daran, dass er sich gut um dich kümmern und dafür sorgen wird, dass du in Sicherheit bist. Aber du bist meine Schwester. Und mir gefällt der Gedanke einfach nicht, dass du *überhaupt* mit einem Mann zusammen bist. Es hat mir damals, als ich achtzehn war, nicht gefallen, als du diesen Idioten zum Freund hattest, und jetzt gefällt es mir immer noch nicht.«

»Aber ich hatte schon Freunde«, erklärte Macie ihm. »Tatsächlich habe ich kurz vor deiner Hochzeit gerade mit einem Typen Schluss gemacht.«

»Das ist nicht der Punkt ...«, begann Truck.

»Also eigentlich«, unterbrach der Kriminalbeamte, »finde ich, dass genau *das* der Punkt ist, zu dem ich als Nächstes kommen wollte. Wer ist er? Wie heißt er? Könnte er irgendetwas mit den Vorfällen der heutigen Nacht zu tun haben?«

Macie drehte sich zu dem Polizisten um. Aus irgendeinem Grund hatte sie vergessen, dass er noch dort saß und zuhörte. Sie war noch immer ganz verwirrt von all den Dingen, die ihr Bruder ihr erzählt hatte.

»Ja, Mace, wer ist er?«, fragte Truck und stellte sich wieder hin.

»Wir haben vor einer Weile Schluss gemacht.« Sie wollte auf keinen Fall über Teddy reden.

»Was hat er dir angetan?«, knurrte Truck.

Macie schüttelte den Kopf. Sie wollte *wirklich* nicht über Teddy sprechen, und ganz besonders nicht, wenn Colt und ihr Bruder zuhörten. »Gar nichts.«

»Süße«, sagte Colt, »es ist schon in Ordnung. Wir werden dich nicht verurteilen. Wir müssen nur wissen, ob er irgendetwas hiermit zu tun hat.«

Sie blickte auf ihr Bein hinunter und lachte fast laut auf. Nicht über sie urteilen? Sie fühlte sich, als würde jeder einzelne Mensch, den sie traf, jeden einzelnen Tag ihres Lebens über sie urteilen ... und sie als unzulänglich betrachten. Intellektuell wusste sie, dass es wahrscheinlich die Angst war, die ihr den Kopf verdrehte, aber was, wenn das nicht der Fall war? Was, wenn sie wirklich ein schrecklicher Mensch war?

Nachdem sie die Tablette gegen Angstzustände eingenommen hatte, fühlte sie sich etwas daneben, aber nicht so daneben, dass sie darüber sprechen wollte, welch kolossalen Fehler sie mit Teddy begangen hatte.

Als nach einer langen Pause niemand etwas sagte, seufzte sie. Sie wollten das Thema nicht fallen lassen. Es war sicher besser, es einfach hinter sich zu bringen. »Ich habe Teddy online kennengelernt. Er schien nett zu sein. Wir fingen an, uns zu verabreden. Er kam ein paarmal zu mir und sah sich mit mir Filme an, aber ich fühlte mich nie wirklich wohl mit ihm. Eines Tages gingen wir zum Mittagessen aus und ich hatte eine Panikattacke. Es war ihm peinlich und er ging.«

»Er hat dich *dort* gelassen? Als du ihn brauchtest? Was für ein Arschloch«, sagte Colt.

Macie schaute überrascht zu ihm auf. Mit seiner Hand hatte er ihre fester umschlungen und es war offensichtlich, dass er sich in ihrem Namen aufregte.

»Er kam später an dem Abend vorbei, aber ich ließ ihn nicht rein. Ich habe mit ihm Schluss gemacht. Er war verärgert, aber er ging ohne Protest. Seitdem habe ich nichts mehr von ihm gehört.«

»Wie lautet sein Nachname?«, fragte der Kriminalbeamte.

»Dorentes«, erwiderte Macie.

»Theodore Dorentes?«

»Ja.«

Der Kriminalbeamte pfiff lange und tief.

»Was ist?«, fragte Truck. »Kennen Sie ihn?«

»Das könnte man so sagen«, erwiderte der Kriminalbeamte trocken. »Drogenbesitz, Drogenbesitz mit der Absicht des Handels, Körperverletzung, Diebstahl und ordnungswidriges Verhalten ... und das ist nur der Anfang.«

Macie keuchte. »Im Ernst?«

»Im Ernst«, bestätigte der Kriminalbeamte.

Macie wandte sich an Colt. »Das wusste ich nicht. Ich schwöre, dass ich es nicht wusste.« Dann wandte sie sich an ihren Bruder. »Ich habe es wirklich nicht gewusst.«

»Ganz ruhig. Das wissen wir doch«, beruhigte Colt sie.

»Okay, damit wäre dann die Frage geklärt, wer die Männer damit beauftragt hat, in ihre Wohnung einzubrechen«, entgegnete der Kriminalbeamte trocken. »Fragt sich nur warum. Wonach hat er gesucht?«

Alle drei Männer sahen Macie an.

Sie schluckte und zuckte mit den Achseln. »Er war nur ein paarmal hier.«

»Und da hat er offensichtlich irgendwo etwas versteckt«, erklärte Truck.

Macie spürte, wie es ihr die Brust zuschnürte und ihre Finger erneut zu prickeln begannen. Sie sah sich um und ihr fiel nichts auf, das anders aussah als sonst. »Was? Wo? Mir ist nichts aufgefallen.«

»Wahrscheinlich hat er es so versteckt, dass Sie es eben *nicht* finden. Er dachte, er würde es beim nächsten Mal, wenn er Sie besucht, wieder mitnehmen, aber dann haben Sie mit ihm Schluss gemacht«, sagte der Kriminalbeamte.

»Es sind Drogen in meiner Wohnung?«, kreischte sie quasi. So viel zu der Wirksamkeit ihrer Medikamente gegen Angstzustände.

»Aber warum hat er sich so lange Zeit gelassen, bevor er zurückgekommen ist?«, wollte Truck wissen.

Der Kriminalbeamte zuckte mit den Achseln. »Keine Ahnung. Vielleicht war es bis jetzt nicht wichtig. Das erklärt auch, dass er von ihrem Schutzraum wusste. Ich nehme an, Sie haben ihm davon erzählt?«, fragte er an Macie gewandt.

»Nein. Ich war nicht lange mit ihm zusammen«, erklärte sie nachdrücklich. »Aber ...« Sie sprach nicht weiter.

»Aber was?«, fragte Colt.

Macie seufzte. »Einmal, als er hier war, stand ich auf, um uns etwas zu trinken zu holen, und Teddy sagte, er müsse auf die Toilette. Er war wirklich lange weg und ich dachte, er hätte ... du weißt schon ... Magenprobleme. Ich wollte ihn nicht in Verlegenheit bringen, also habe ich nichts darüber gesagt.«

»Wahrscheinlich hat er herumgeschnüffelt und nach einem Versteck für das gesucht, was er verstecken wollte. Ich vermute, er stand unter dem Druck eines anderen Dealers und war verzweifelt«, erklärte der Kriminalbeamte. »Als Macie dann mit ihm Schluss machte, hatte er keine Gelegenheit, wieder in ihr Zimmer zu gelangen, um seine Sachen zu holen.«

Macie erschauderte bei dem Gedanken daran, dass Teddy in ihrer Wohnung herumgeschnüffelt und ihren Panikraum gefunden hatte. Sie wusste nicht, ob sie sich jemals wieder sicher fühlen würde.

»Ich glaube, wir sind hier fertig«, erklärte Colt. »Macie ist fast am Ende ihrer Kräfte. Truck, kannst du ihren Wagen nach Killeen fahren? Ich kann sie mitnehmen.«

Truck musterte seinen kommandierenden Offizier einen Augenblick lang und Macie dachte schon, sie würden gleich anfangen zu streiten, aber schließlich nickte er kurz.

»Es gibt nichts, worüber du dir Sorgen machen müsstest«, erklärte Colt ihm. »Deiner Schwester wird nichts passieren.«

»Das möchte ich dir auch raten«, erklärte Truck leise. Dann kniete er sich erneut neben Macie. Er legte ihr eine

Hand auf den Oberschenkel und ihre Wärme und ihr Gewicht fühlten sich auf ihrer kühlen Haut gut an. »Danke, dass du mich heute Abend angerufen hast, Mace. Ich bin so froh, dass es dir gut geht.«

»Danke, dass du gekommen bist«, sagte sie.

»Wann immer du mich brauchst, bin ich für dich da«, antwortete er. »Und ich weiß, dass dies unmöglich ist, aber ich bitte dich trotzdem – vergiss *alles*, was unsere Eltern dir über mich und über das, was damals passiert ist, erzählt haben. Nicht ein einziges verdammtes Wort war wahr. Sie sind schreckliche Menschen und ich hasse es, dass ich mich nicht stärker bemüht habe, mit dir in Verbindung zu bleiben. Meine einzige Entschuldigung ist, dass ich jung und dumm war und nichts mehr mit ihnen zu tun haben wollte. Ich schäme mich, dass ich auch nur eine Sekunde lang gedacht habe, dass du vielleicht einen guten Grund gehabt hattest, nicht mit mir sprechen zu wollen. Ich hätte nicht zulassen dürfen, dass meine Gefühle für sie meine Beziehung zu dir beeinträchtigen. Und dafür werde ich mich für immer schämen.«

Macies Augen füllten sich mit Tränen. Er hatte recht, es war unmöglich, die Jahre der verletzenden Worte zu verdrängen, die ihre Eltern ihr entgegengeschleudert hatten. Aber sie hasste es, dass er sich für das Geschehene verantwortlich fühlte.

»Ich hätte dich besuchen sollen, nachdem du verletzt wurdest.« Ihr Blick wanderte zu der hässlichen Narbe auf dem Gesicht ihres Bruders. »Aber ich dachte, du würdest mich nicht sehen wollen. Du sollst allerdings wissen, dass ich jeglichen Kontakt mit unseren Eltern abgebrochen habe, nachdem sie von dem Besuch bei dir im Krankenhaus zurückgekehrt waren. Sie haben wirklich schreckliche Dinge gesagt, und obwohl es eines der schwersten Dinge war, die ich je getan habe, habe ich ihnen erklärt, dass sie für mich gestorben sind. Seitdem habe ich nicht mehr mit ihnen gesprochen.«

Truck machte einen Moment lang die Augen zu, bevor er nickte. Dann stand er auf und küsste Macie auf den Scheitel. »Ich bringe Mary morgen vorbei, um dich zu besuchen.«

»Ich weiß nicht so genau ...«, begann Colt, aber Truck unterbrach ihn.

»Morgen«, wiederholte er nachdrücklich.

Macie sah von Colt zu ihrem Bruder und dann wieder zu Colt. Schließlich nickte er.

»Ich rufe Ghost an und bitte ihn, mich bei deiner Wohnung abzuholen, nachdem ich Macies Wagen dort abgeliefert habe«, erklärte Truck. Dann drehte er sich um und ging zur Wohnungstür.

»Nachdem wir Ihren Panikraum untersucht haben, sind meine Jungs eigentlich fertig damit, sich umzusehen«, erklärte der Kriminalbeamte und stand ebenfalls auf. »Ich denke, ich muss nicht erst betonen, dass Sie mich bitte sofort anrufen sollten, wenn Sie irgendetwas finden, und fassen Sie es bloß nicht an.«

Macie nickte, als Colt erwiderte: »Das werden wir. Vielen Dank.«

Colt nickte zu ihr hinab. »Bist du bereit, ein paar Sachen zusammenzupacken? Und um deine Kratzer würde ich mich auch gern kümmern. Die versorgen wir jetzt erst mal, bevor wir von hier verschwinden.«

Macie schluckte schwer und holte tief Luft. Ihr Kopf schmerzte und ihre Finger kribbelten immer noch, aber der Gedanke, mit Colt nach Hause zu fahren, tröstete sie. Sie stand auf und wankte. Sie griff nach der Decke, die sie sich um die Schultern gelegt hatte, als sie sich zu dem Gespräch mit dem Detective hingesetzt hatte, und schloss die Augen.

»Immer mit der Ruhe, Mace.« Colt hob sie hoch, als wöge sie nicht mehr als ein Kind, und ging mit ihr durch den Flur, der zu ihrem Schlafzimmer führte.

Anstatt sich Gedanken darüber zu machen, ob er sie fallen lassen würde oder wo sie ihre Hände hinlegen sollte, legte Macie ihren Kopf auf seine Schulter und hielt die Augen geschlossen.

Es war schon lange her, dass sie sich so entspannt gefühlt hatte wie jetzt, und vielleicht war es sogar noch nie vorgekommen. Es hatte sicher auch etwas mit den Medikamenten zu tun, die sie zuvor eingenommen hatte, aber das meiste davon war Colt. Er hatte etwas an sich, das ihr das Gefühl gab, mehr Halt zu haben.

KAPITEL DREI

Colt tat sein Bestes, um seine Wut zu zügeln. Und er war verdammt wütend. Wenn er diesen Teddy in die Finger bekam, würde er sich wünschen, dass er Macie einfach in Ruhe gelassen hätte. Als er sie zusammengekauert auf dem Stuhl sah, wo sie sich Sorgen machte, dass Truck weggehen und nie wieder mit ihr sprechen würde, bekam er Lust, auf etwas einzuschlagen.

Er kannte ihre Eltern nicht, aber er hasste sie trotzdem.

Er wusste, dass er seine Gefühle in den Griff bekommen musste, sonst würde er Macie noch mehr beunruhigen, als sie es ohnehin schon war. Er hatte mit seiner Tante über die Angstzustände seiner Cousine gesprochen. Es gab vieles, was er nicht verstand, aber er wusste, dass dies nichts war, was Macie kontrollieren konnte. Sie würde sich ständig über alles und jeden Sorgen machen.

Aber er hatte kein Problem damit, sie zu beruhigen, wenn sie Hilfe brauchte. Ihre Ängstlichkeit war für ihn kein Hindernis. Nach dem wenigen zu urteilen, was er über sie wusste, war sie ein erstaunlicher Mensch. Er hatte sich einige der von ihr gestalteten Webseiten angesehen und war sehr beeindruckt. Sie war kreativ und großmütig, und er würde tun, was er konnte, um sie vor allem zu schützen, was ihr in der Zukunft Kummer bereiten könnte.

Wann er begonnen hatte, langfristig zu denken, wusste Colt nicht, aber er war darüber auch nicht sonderlich beunruhigt. Er hatte sich Macie verbunden gefühlt, als sie nach der Hochzeit von Truck und Mary bei ihm zu Hause gewesen war. Er dachte, er würde Zeit haben, ihr Frühstück zu machen und ihre Telefonnummer zu erfragen, damit sie sich besser kennenlernen konnten. Irgendwann würde er sie fragen müssen, warum sie so gegangen war, wie sie gegangen war ... aber jetzt war nicht der richtige Zeitpunkt dafür.

Er setzte Macie sanft auf dem Tresen in ihrem Badezimmer ab. Er lehnte sich zu ihr und legte seine Hände auf die kühlen Kacheln neben ihrer Hüfte und wartete, bis sie die Augen öffnete. Es dauerte einige Augenblicke, aber als sie schließlich ihre schönen braunen Augen auf seine richtete, war er auf den Stromstoß, den er spürte, nicht vorbereitet.

Als er eine Hand an ihre Wange legte, neigte sie den Kopf und schmiegte ihn an seine Handfläche.

»Alles okay?«, fragte er leise.

Sie nickte und antwortete: »Nein.«

Er lächelte über den Widerspruch. Allerdings hatte er auch das Gefühl, dass sie völlig ehrlich mit ihm war. »Wo hast du deine Erste-Hilfe-Sachen?«

Sie hob den Kopf und deutete zu einem Schränkchen hinter ihm.

Colt machte sich an die Arbeit und bereitete die Pflaster und das Desinfektionsmittel vor. Als er sich wieder umdrehte, musste er tief durchatmen. Er hatte absichtlich vermieden, daran zu denken, dass sie nur ein Trägerhemd und eine kurze Hose trug. Aber sie hatte die Decke fallen lassen und er konnte sich nicht davon abhalten, seinen Blick von ihren Füßen über ihre langen Beine zu ihren kurvenreichen Oberschenkeln wandern zu lassen. Ihr Bauch war nicht flach, aber sie war auch nicht übergewichtig. Und ihre Brüste waren üppig und voll. Noch während er sie anstarrte, sah er, wie sich ihre Brustwarzen unter der Baumwolle strafften.

Schließlich schaute er auf und sah, dass sie ihn genauso offen betrachtete. Er wartete, bis sie mit dem Blick über die Länge seines Körpers gewandert war, und sagte schließlich: »Dann wollen wir dich mal versorgen, damit wir von hier verschwinden können.«

Sie errötete, als sie den Blick hob und ihn ansah, nickte aber.

Er versuchte, nicht daran zu denken, wie sexy er sie fand – aber es gefiel ihm, dass sie anscheinend genauso großes Interesse daran hatte, ihn anzusehen wie er sie –, und konzentrierte sich darauf, die Kratzer an ihrem Körper zu reinigen. Er stellte das Fläschchen auf den Tresen und hob eine ihrer Hände hoch. Die Handfläche war zerkratzt und rot, und es gefiel ihm gar nicht, dass er wusste, dass es daran lag, weil sie aus ihrem verdammten Fenster in einen Baum gesprungen war. Er hasste jeden einzelnen Bluterguss und jeden Fleck auf ihrer glatten Haut. Während der ganzen Zeit, da er sich fürsorglich um sie kümmerte, weinte sie nicht und gab keinen Laut von sich. Er wusste, dass er ihr wehtun musste, aber sie war beherrscht und ruhig, während er sich um ihre Wunden kümmerte.

Als er schließlich zufrieden war, dass er die schlimmsten ihrer Kratzer gereinigt hatte, half er ihr beim Aufstehen und legte ihr die Decke wieder um die Schultern. »Soll ich dir beim Packen helfen?«

Sie dachte kurz über sein Angebot nach und schüttelte dann den Kopf. »Wie lange soll ich bei dir bleiben?«

Er hätte am liebsten *Für immer* gesagt, hielt sich aber zurück, da er wusste, dass es sie stressen würde ... und außerdem war es verrückt. »Mindestens ein paar Tage. Wir müssen dem Kriminalbeamten Zeit geben, Teddy zu finden und herauszufinden, worum es hier geht. Die Polizei wird die Patrouillen in der Gegend verstärken, aber die Beamten können nicht jede Minute hier sein. Die Arschlöcher, die heute Abend hier eingebrochen sind, werden wahrscheinlich zurückkommen, und ich möchte dich nicht in der Nähe haben, wenn sie das tun.«

»Okay«, sagte sie etwas hohl.

Colt war nicht allzu besorgt über ihren Tonfall; er hatte das Gefühl, dass die Tablette, die sie vorhin genommen hatte, endlich wirkte. Sie ging zur Tür des Badezimmers und drehte sich dann um.

»Äh ... während ich mich umziehe und ein paar Sachen packe, würdest du mir einen Gefallen tun?«

»Natürlich, alles, was du willst«, erwiderte Colt sofort.

Das entlockte ihr ein Lächeln. »Was, wenn ich etwas Verrücktes von dir verlange?«, erwiderte sie und legte den Kopf zur Seite.

»Ich würde alles tun, um dir das zu geben, was du brauchst«, erklärte Colt ihr.

Sie schüttelte den Kopf und ein kleines Lächeln umspielte ihre Mundwinkel. Er fand es toll, dass er sie zum Lächeln bringen konnte, trotz allem, was sie gerade durchgemacht hatte.

»Was brauchst du denn, meine Süße?«

»Da ist eine Schachtel in meinem Panikraum. Würdest du sie mir holen? Ich würde sie gern mitnehmen ... wenn das in Ordnung ist.«

»Natürlich ist das in Ordnung. Darf ich dich fragen, worum es sich handelt?« Er hatte sowieso vorgehabt, sich diesen Panikraum mal anzusehen. Er wusste, dass die Polizei ihn überprüft und nachgesehen hatte, ob Teddy nicht vielleicht etwas zurückgelassen hatte, aber er wollte gern auch noch mal selbst nachsehen.

»Es handelt sich nicht um etwas Teures oder Illegales«, erklärte sie. »Es ist nur ein Schuhkarton voller Erinnerungen. Dinge aus meiner Kindheit und vom College und so.« Sie zuckte mit den Achseln. »Es ist keine große Sache, aber ich würde es bevorzugen, wenn sie nicht beschädigt werden, falls diese Typen zurückkommen.«

Colt war neugierig, was für Erinnerungen ihr so viel bedeuteten, aber er wollte sie nicht bedrängen. »Sonst noch was?«

»Kann ich meinen Computer mitbringen? Und die Ordner, die ich für die Arbeit brauche? Oh, und im anderen Zimmer gibt es eine Schachtel mit CDs und meine Kopfhörer, die ich gern mitnehmen würde, wenn möglich.«

Colts Lächeln wurde breiter. »Kein Problem. Was sonst noch?« Er hoffte eigentlich, dass sie weiterhin ihre wertvollsten Besitztümer auflisten würde, denn je mehr Sachen sie in sein Haus brachte, desto wohler würde sie sich dort fühlen. Und je wohler sie sich fühlte, desto weniger würde sie sich geneigt fühlen, *hierher* zurückzukehren. Soweit es ihn betraf, konnte sie ihre ganze verdammte Wohnung zu ihm verlegen. Er hatte viel Platz für ihre Sachen. Für sie.

»Äh ...« Sie blickte in ihr Schlafzimmer und dann wieder zu ihm. »Ich weiß nicht so recht.«

Colt ging hinüber zu Macie und legte seine Hände auf ihre Schultern. »Egal, was du mitnehmen möchtest, für mich ist es in Ordnung. Wenn nicht genügend Platz in meinem Wrangler ist, können wir morgen noch mal herkommen.«

»Warum bist du so nett zu mir?«, fragte Macie, die Augenbrauen verwirrt zusammengezogen.

»Weil ich dich mag, Macie Laughlin. Du bist nicht für das verantwortlich, was dir heute Abend widerfahren ist. Und deswegen möchte ich dafür sorgen, dass du dich in meinem Haus so wohl wie möglich fühlst. Ich weiß, dass es für dich eine extrem stressige Situation ist, also möchte ich es dir so leicht wie möglich machen.«

»Oh.«

Er sah, dass sie sich immer noch nicht sicher war. Und deswegen fügte er hinzu: »Und außerdem, weil du Trucks Schwester bist. All die Männer unter meinem Kommando sind wie Brüder für mich.«

Sie nickte, als würde diese Antwort mehr Sinn machen als die Tatsache, dass er sie tatsächlich mochte.

»Geh packen«, befahl er ihr sanft und drehte sie in Richtung ihres Schlafzimmers um. »Ich hole die Schachtel aus deinem Panikraum, den ich übrigens sowieso unbedingt sehen möchte. Dann packe ich deinen Computer und deine CDs. Du kannst dich in Ruhe umziehen und mich rufen, wenn du fertig bist. Dann hole ich deinen Koffer, damit du deine Hände nicht noch mehr beanspruchen musst, okay?«

»Ich kann ja wohl meinen eigenen Koffer tragen«, protestierte sie.

»Süße, ich habe doch gesagt, dass ich mich darum kümmere. In Zukunft kannst du deine Sachen selbst tragen, aber heute Abend kümmere ich mich darum, verstanden?«

Sie sah ihn lange an, nickte aber schließlich. »Darf ich dich noch etwas anderes fragen?«

»Natürlich.«

»Warum warst du noch wach und bei meinem Bruder,

als ich angerufen habe? Habe ich irgendetwas Wichtiges unterbrochen?«

Er hatte schon das Gefühl gehabt, dass sie sich darüber Sorgen machte. »Meine beiden Teams von Soldaten sind heute Abend vom Einsatz zurückgekehrt. Wir hatten eine Nachbesprechung.«

Sie riss entsetzt die Augen auf. »Ich habe euch bei der Arbeit gestört?«

Colt hätte sich nicht zurückhalten können, wenn ihm jemand eine Waffe an den Kopf gehalten hätte. Er beugte sich hinunter und drückte seine Lippen in einer kurzen Liebkosung auf ihre. Er legte seine Stirn an ihre und verschränkte seine Finger an ihrem Kreuz. Er fühlte, wie sein Herz pochte, als sie ihre Hände auf seine Brust legte, aber sie stieß ihn nicht weg.

»Du hast nichts unterbrochen«, erklärte er ihr. »Wir waren sowieso fast fertig. Und selbst wenn es nicht der Fall gewesen wäre, bist du viel wichtiger als die Arbeit. Mir ist es ganz egal, wie spät es ist oder was ich gerade tue, ich möchte, dass du mich anrufst, wenn du mich brauchst, verstanden?«

Sie antwortete lange nicht, also hob Colt den Kopf und starrte sie an. »Verstanden?«, wiederholte er.

»Das kann ich nicht versprechen. Ich meine, du weißt doch, wie ich bin. Ich mache mir Sorgen, ob ich dich unterbreche, dass ich dich verärgere oder dass dein *Vorgesetzter* verärgert sein wird. Und dass du mich für schwach und dumm hältst.«

»Macie, ich werde nicht –«

Sie ließ ihn nicht ausreden. »Also kann ich dir nicht versprechen, dass ich dich *immer* anrufe, aber wenn es ein echter Notfall ist, so wie heute Abend, werde ich dich anrufen.«

Colt wollte protestieren. Aber es war eine große Sache für sie, dass sie ihm erklärte, wie sie sich wirklich fühlte. Was ihre Angstgefühle bei ihr bewirkten. »Okay, Süße. Aber wäre es in Ordnung, wenn ich *dich* anrufe, wenn ich etwas brauche?«

»Du möchtest mich anrufen?«

»Ja, Mace. Es könnte Zeiten geben, in denen ich Hilfe brauche. Aber genau wie du möchte ich dich nicht unterbrechen, wenn du arbeitest oder sonst etwas Wichtiges tust.«

»Natürlich kannst du mich anrufen«, sagte sie leise. »Allerdings glaube ich nicht, dass die Dinge, die ich tue, auch nur annähernd so wichtig sind wie das, was du tust.«

»Ich bin mir sicher, dass die Autoren und all die anderen Leute, für die du arbeitest, da nicht deiner Meinung wären. Ich habe ein paar der Webseiten gesehen, die du entworfen hast. Das kann nicht einfach gewesen sein und ich weiß, dass du sie auch weiterhin pflegst. Und *das* kann ein ziemliches Unterfangen sein, wenn man bedenkt, wie schnell manche Autoren schreiben.«

Das brachte ihm ein kleines Lächeln ein.

Er zwang sich dazu, einen Schritt zurückzumachen, und zeigte auf das Schlafzimmer. »Bitte trage den Koffer nicht selbst. Ich bin gleich wieder da, okay?«

»Okay. Colt?«

Er lächelte. »Ja?«

»Vielen Dank. Ich hatte heute Abend wirklich große Angst.«

»Ich war froh, für dich da sein zu können«, sagte Colt einfach und zwang sich dann, sich umzudrehen, damit sie sich umziehen und packen konnte. Wenn er noch länger da stand, war nicht abzusehen, was aus seinem Mund herauskommen würde. Er war ein erfahrener Soldat. Er hatte in seinem Leben viel mehr schreckliche Dinge gesehen und getan, als es bei jemandem der Fall sein sollte. Auf einige seiner Taten in der Vergangenheit war er nicht stolz, aber er konnte nicht ändern, was er getan hatte.

Und doch war es der Gedanke, Macie tot aufzufinden, der ihm mehr Angst einjagte als alle anderen Gemetzel, die er erlebt hatte.

Er ließ sie in ihrem Badezimmer zurück, packte ihre Toilettenartikel ein und machte einen kurzen Halt an ihrem Schrank, um den Schuhkarton zu holen, auf den sie sich bezogen hatte. Ihr Schutzraum war genau das, was sie gesagt hatte, ein kleiner, ruhiger Raum mit einem zusammengerollten Schlafsack an einem Ende. Er fand den Karton, den sie wollte, und machte sich auf den Weg ins Wohnzimmer.

Als er begann, die CDs einzusammeln, die um ihren Laptop herum auf ihrem Schreibtisch im Hauptteil der Wohnung verstreut waren, wirbelten verschiedene Pläne in Colts Verstand herum. Er wollte sein Haus zu einem sicheren Ort für Macie machen. Er wollte, dass sie sich entspannt fühlte, und hatte vor, alles zu tun, was nötig war, um ihre Ängste zu minimieren, wenn sie dort war. Je sicherer sie sich fühlte, desto wohler würde sie sich fühlen. Und je wohler sie sich fühlte, desto empfänglicher war sie hoffentlich auch für eine langfristige Beziehung mit ihm.

Er wusste nicht, was er in der Nacht von Trucks Hochzeit getan hatte, um sie dazu zu bringen, sich zurückzuziehen, vor allem, da die Dinge so gut zu laufen schienen, aber jetzt, wo er eine zweite Chance hatte, wollte er sie nicht vermasseln.

KAPITEL VIER

Macie rieb sich nervös die Hände an ihrer Jeans, während sie auf Mary und die anderen wartete. Sie hatte die Frau ihres Bruders seit dem Hochzeitstag nicht mehr gesehen, und obwohl sie die andere Frau mochte, wusste sie, dass diese dazu neigte, äußerst unverblümt zu sein. In gewisser Weise war das erfrischend. Macie brauchte sich nie zu fragen, was Mary gerade dachte. Andererseits hatte sie aber auch Angst davor, etwas zu tun, was ihre Schwägerin irritieren und dazu führen würde, dass sie sie nicht mehr mochte.

Colt hatte den Besuch fast eine Woche lang aufgeschoben, wofür Macie sehr dankbar war. Sie hatte Truck mehrere Male gesehen; er war zum Haus seines Kommandanten gekommen, um sich zu vergewissern, dass es ihr gut ging. Er war auch zu ihrer Wohnung zurückgefahren, um noch mehr Kleidung und anderen Krimskrams für sie zu holen.

Sie hatte Colts Haus während dieser Woche kaum verlassen, aber das war mehr als in Ordnung für sie. Er ging jeden Morgen zur Arbeit, kam aber zum Mittagessen nach Hause, um nach ihr zu sehen, und war jeden Nachmittag um halb vier zu Hause. Er hatte erklärt, dass er, da die Männer unter seinem Kommando gerade von einer intensiven zweiwöchigen Mission zurückgekehrt waren und er ihre Bewegungen fast rund um die Uhr überwacht hatte, eine gewisse Flexibilität hatte, wenn es darum ging, wann er im Büro sein musste.

Es gefiel ihr nicht, von der Mission ihres Bruders zu hören. Nicht dass Colt ihr tatsächlich viel erzählt hätte, aber allein das Wissen, dass er im Ausland gewesen war und etwas Gefährliches getan hatte, reichte ihr schon, um sich Sorgen zu machen.

Die Aussicht von dem Tisch, von dem aus sie in Colts Haus arbeitete, war genauso schön wie die aus ihrer Wohnung. Sie saß an dem Tisch in seinem Esszimmer, von dem aus man einen kleinen Park in der Nachbarschaft überblicken konnte. Macie hatte sich schon immer Kinder gewünscht, aber bis jetzt hatte sie sich von ihnen ferngehalten, weil es zu schmerzhaft war. Im Moment ertappte sie sich jedoch dabei, wie sie die Kinder auf dem Spielplatz stundenlang anstarrte. Sie sahen so unbeschwert aus. So glücklich. Sie konnte sich an keine Zeit in ihrem Leben erinnern, in der sie wirklich so unverkrampft gewesen war. Vielleicht bevor Ford zur Armee gegangen war.

Der Gedanke daran, dass ihr Bruder weggegangen war – und daran, was danach geschehen war –, ließ ihre Ängste aufflammen. Sie hatte keine Ahnung, warum er sie noch mochte, nachdem sie seine Briefe nicht beantwortet hatte. Sie wusste damals nicht, dass er sie geschickt hatte, aber trotzdem. Es war schon lange her, dass sie mit ihren Eltern gesprochen hatte, aber sie legte ein mentales Gelübde ab, sie nie wiederzusehen. Sie würde ihnen nie verzeihen. Und das nicht nur, weil sie Ford absichtlich aus ihrem Leben ausgeschlossen hatten.

Es klingelte an der Tür und Macie sprang auf. Als sie auf die Uhr sah, stellte sie fest, dass es drei war. Sie zwang sich, aufzustehen und zur Tür zu gehen. Sie schaute durch den Spion, sah, dass es Mary und die anderen waren, und holte tief Luft. Colt war nicht hier – er hatte gesagt, er würde nach Hause kommen, sobald er könnte –, also war sie allein. Macies Herz raste, sie verschränkte die Arme, zwickte sich in den Bizeps und versuchte, ihre Angst unter Kontrolle zu halten. Das war ihre Schwägerin. Sie war in Ordnung.

»Mace!«, sagte Mary fröhlich, kaum dass sie die Tür aufmachte. »Das wird aber auch langsam Zeit!«

Macie öffnete die Tür weiter und ließ Mary und die anderen Frauen hinein. Sie erkannte sie, doch Mary stellte sie ihr trotzdem alle noch einmal vor. »Ich bin mir sicher, dass du dich an sie erinnerst, aber das hier ist meine beste Freundin Rayne. Hinter ihr ist Emily mit ihrer Tochter Annie, und dann kommt Casey. Die anderen wollten eigentlich auch kommen, doch sie hatten zu viel zu tun. Wir müssen eben bald noch mal ein Treffen mit allen organisieren.«

Macie lächelte die anderen Frauen an und schloss die Tür hinter ihnen, nachdem sie alle eingetreten waren. Sie deutete zum Wohnzimmer und biss sich auf die Lippe, während sie den anderen folgte. Sie hatte ihnen nichts zu essen gemacht. Wahrscheinlich hätte sie das tun sollen. Besonders für Annie. Kinder waren immer hungrig, nicht wahr? Sie hätte Kekse backen sollen, das wäre einfach gewesen.

Und Mist. Ihre Sachen waren auf dem ganzen Esstisch

verstreut. Sie war es gewohnt, dass nur sie und Colt hier waren, und er hatte ihr gesagt, sie könnte ihren Computer auf dem Tisch stehen lassen, denn sie aßen stets im Wohnzimmer auf der Couch, während sie fernsahen.

Macie war auf dem besten Weg, eine ausgewachsene Panikattacke zu erleiden, als sie fühlte, wie eine kleine Hand in ihre eigene glitt. Als sie nach unten blickte, sah sie, wie Annie sie mit einem breiten Lächeln anschaute. Ihr Haar war ganz unordentlich, aber das kleine Mädchen schien das nicht zu bemerken oder sich nicht dafür zu interessieren. Sie trug eine Jeans, die an den Knien schmutzig war, und ein rosa T-Shirt mit weißen Pailletten darauf. Macie kniff die Augen zusammen und las, was darauf stand: »Ich mag Glitter.«

Annie bemerkte, wie sie das T-Shirt ansah, und lächelte. »Gefällt dir mein T-Shirt?«

»Es ist wirklich süß«, erwiderte Macie.

Annie zog die Nase kraus und sagte: »Schau mal, was man damit machen kann!« Und dann fuhr sie sich mit der freien Hand über das T-Shirt und die Pailletten legten sich in die andere Richtung, sodass jetzt andere Farben zu sehen waren. Jetzt waren sie braun und dort stand geschrieben: »Aber Schmutz finde ich auch cool.«

Macie lächelte. »Das ist wirklich witzig.«

»Ich wünschte, dass es der Satz mit dem Schmutz ist, den man die ganze Zeit lesen kann«, erklärte Annie schmollend.

»Annie, worüber haben wir vorhin gesprochen?«, ermahnte Emily sie sanft.

Das kleine Mädchen sah seine Mutter an. »Dass ich mich einfach nur bedanken soll, wenn Leute mir ein Kompliment machen. Aber Macie ist meine Freundin, ihr kann ich Geheimnisse verraten.«

Macie sah Annie überrascht an. »Wir haben uns doch erst einmal gesehen. Bei der Hochzeit.«

Annie blickte sie mit ihren großen blauen Augen an und erwiderte: »Aber du bist Trucks Schwester. Und er ist mein Lieblingsonkel. Und wir haben meinen Bruder nach ihm benannt. Das bedeutet, du bist meine Tante. Also sind wir logischerweise auch Freundinnen.«

Macie schossen die Tränen in die Augen und sie musste den Blick von dem kleinen Mädchen abwenden, bevor sie tatsächlich in Tränen ausbrach. Wie schon so oft zuvor in ihrem Leben tat es ihr leid, dass sie so schwach war. Dass sie sich von ihren Eltern zu der schlimmsten Entscheidung ihres ganzen Lebens hatte überreden lassen.

»Logischerweise?«, fragte Mary lachend.

»Sie hat in letzter Zeit viel gelesen«, erklärte Emily. »Und das ist ihr neues Lieblingswort.«

»Ich freue mich darüber, dass wir Freundinnen sind«, sagte Macie zu Annie.

»Ich auch«, erwiderte Annie glücklich.

Es war schon lange her, dass Macie sich so problemlos und ohne Bedingungen akzeptiert gefühlt hatte. Es war Annie gelungen, dass sie sich so wohlfühlte, wie sie es in der Gegenwart von anderen Menschen normalerweise so gut wie nie tat ... Kinder eingeschlossen.

»Wo ist denn dein Bruder?«, fragte sie das kleine Mädchen.

»Daddy und er haben einen männlichen Zusammengehörigkeitsmoment, und ich bin nicht eingeladen«, erwiderte Annie eingeschnappt.

Macie blickte zu Emily hinüber.

Die andere Frau lachte und erklärte: »Ich brauchte dringend eine Pause. Ethan schläft nicht besonders viel. Also hat Fletch ihn heute Nachmittag ins Büro mitgenommen.«

»Ich wollte auch mit ins Büro kommen«, bemerkte Annie geknickt. »Ich wollte auch bei ihrem männlichen Zusammengehörigkeitsmoment mitmachen.« Dann wurde sie wieder fröhlich und erklärte: »Aber dich wollte ich auch wiedersehen. Hier bin ich also!«

Macie drückte Annies Hand. »Ich freue mich wirklich darüber.«

»Ich war noch nie in der Wohnung des Kommandanten«, stellte Casey fest.

»Ich auch nicht«, erwiderte Rayne. »Und dabei kenne ich ihn schon am längsten.«

»Schön ist es hier«, stellte Mary fest. »Gemütlich.«

»Warum klingst du so überrascht?«, wollte Emily wissen.

Mary zuckte mit den Achseln. »Ich weiß auch nicht. Wahrscheinlich weil es sich um den Kommandanten handelt. Er wirkt immer so streng. So kalt.«

»Er ist kein bisschen kalt«, erwiderte Macie, überrascht, dass jemand Colt für streng hielt. »Er ist großartig. Geduldig und freundlich. Er würde niemals einer Fliege etwas zuleide tun.« Sie bereute es, etwas gesagt zu haben, als drei Augenpaare sie überrascht anstarrten. »Was? Ist er etwa *nicht* freundlich?«, fragte sie leise.

»Annie, willst du spielen gehen?«, fragte Emily. »Gleich auf der anderen Straßenseite ist ein Spielplatz.«

»Ja!«, rief das kleine Mädchen, wurde dann aber ernst. »Aber bitte redet nicht über irgendetwas Wichtiges, während ich weg bin. Ich möchte nichts verpassen.«

Macie zwang sich zu einem Lächeln und drückte erneut Annies Hand. »Das machen wir nicht.«

»Bleib auf dem Spielplatz. Ich werde dich von hier aus beobachten. Falls du davonläufst, darfst du einen Monat lang nicht mehr zum Hindernisparcours«, warnte Emily sie.

Annie nahm sofort eine stramme Haltung an, ließ Macies Hand los und salutierte. »Ich werde nicht weglaufen, Mommy. Versprochen. Tschüss!« Und damit lief sie zur Eingangstür und verschwand. Sie sahen alle dabei zu, wie sie Sekunden später auf dem Spielplatz auftauchte und sofort Anschluss zu ein paar Jungen fand, mit denen sie zu spielen begann.

»Sie liebt diesen Hindernisparcours fast ein bisschen zu sehr«, bemerkte Mary trocken.

»Das stimmt. Aber ein Verbot, ihn zu benutzen, ist eine ausgesprochen effektive Strafe, also beschwere ich mich nicht«, erklärte Emily lächelnd.

»Hindernisparcours?«, fragte Macie.

»Die Jungs haben einen Parcours, den sie manchmal bei der Arbeit für das Training benutzen. Fletch hat Annie eines Tages dorthin mitgenommen und damit war es geschehen. Sie wollte nichts anderes mehr machen. Und sie ist auch gut darin. Schnell.«

Macie hatte Fletch und die anderen Männer, mit denen Ford zusammenarbeitete, bei der Hochzeit getroffen. Es gefiel ihr unheimlich, wie beschützend und liebevoll sie mit ihren Frauen umgingen. Das war mit ein Grund dafür, dass sie bei dem Empfang eine so schwere Panikattacke erlebt hatte. Sie wollte das Gleiche. Und sie wusste, dass sie zu kaputt war, um jemals einen solchen Mann zu bekommen. Einen Mann, der ihre Unsicherheiten und Ängste auf Dauer ertragen konnte.

»Setzen wir uns doch«, sagte Rayne und zeigte zu den Sofas.

Macie wusste, dass sie allen etwas zu trinken anbieten sollte, aber sie wusste nicht mehr, was sich in Colts Kühlschrank befand. Was, wenn sie Cola oder Saft anbot und er keinen hatte? Sollte sie anbieten nachzusehen, ob er Bier oder Wein hatte? Sie wurde langsam wieder unsicher, also sagte sie nichts und folgte den anderen ins Wohnzimmer, um sich zu setzen.

Keiner sagte einen Moment lang etwas und Macies Angst wurde immer größer. Sie sollte etwas sagen. Das Gespräch in Gang bringen ... aber was? Sie war nicht Teil des Lebens dieser Frauen, auch wenn Ford ihr Bruder war.

»Was weißt du über Colt?«, fragte Mary, direkt wie immer.

Macie blinzelte. »Äh ... er ist der Kommandant meines Bruders. Und außerdem untersteht noch eine zweite Gruppe Soldaten seinem Kommando. Er behält von hier den Überblick, während sie im Einsatz sind.« Jetzt, da sie es laut aussprach, hörte es sich lächerlich an.

Aber niemand schien ihre Erklärung für merkwürdig oder dumm zu halten.

»Ja«, bestätigte Mary. »Aber weißt du auch, warum er zu ihrem Kommandanten ernannt worden ist?«

Macie schüttelte den Kopf. »Weil er dazu qualifiziert ist?«

Mary lachte leise. »Das könnte man allerdings sagen. Also pass auf, wir alle mögen den Kommandanten. Er ist ein großartiger Mann und er hat schon unzählige Male dafür gesorgt, dass unsere Ehemänner unversehrt zu uns zurückgekehrt sind. Aber ... er ist nicht gerade ... wie soll ich es ausdrücken ... freundlich.«

Macie starrte ihre Schwägerin an. »Doch, ist er«, erwiderte sie.

Mary schüttelte den Kopf. »Ich versuche, auf dich aufzupassen. Er hat den Ruf, einer der härtesten Offiziere auf dem Stützpunkt zu sein. Er mag keine Ausreden und er mag es nicht, wenn seine Soldaten zu spät kommen, und ich habe gehört, dass er, als er auf einem anderen Stützpunkt stationiert war, einem Soldaten den Urlaub verweigerte, als sein Baby geboren wurde. Ich habe auch gehört, dass er einmal ...«

»Nein«, sagte Macie mit Nachdruck.

»Nein was?«, fragte Mary.

»Ich weiß es zu schätzen, dass du dir Gedanken um mich machst, aber das ist völlig unnötig«, erklärte Macie und versuchte, sich entschieden anzuhören. Sie wusste, dass Mary die Tendenz hatte, immer zu sagen, was sie dachte, aber sie wollte das Gerede über Colt wirklich nicht hören.

Mary sagte etwas sanfter: »Ich versuche hier nicht absichtlich, eine Zicke zu sein, das schwöre ich dir. Ich finde nur, dass du es wissen solltest, denn es könnte sein, dass du Erwartungen hast, die nie erfüllt werden können. Der Kommandant war früher selbst ein Soldat der Delta Force, Macie. Tatsächlich verließ er die Teams nach einem Zwischenfall, bei dem einer seiner Teamkollegen gefangen genommen wurde. Ich hörte eines Abends, wie Truck mit Blade am Telefon darüber sprach. Er sagte, der Kommandant sei komplett durchgedreht. Er habe an diesem Tag zweiundvierzig Menschen getötet.«

»Hast du dir schon mal so große Sorgen um etwas gemacht, dass du nicht mehr atmen konntest?«, fragte Macie plötzlich Mary.

»Wie bitte?«

»Warst du schon mal in einem Raum und wusstest tief in deiner Seele, dass *jeder* hinter deinem Rücken über dich redet?«

»Nein, aber ...«

»Ich weiß, dass du eine Menge durchgemacht hast, Mary. Das *weiß* ich. Es gibt ein Sprichwort, nach dem ich versuche zu leben: Jeder, den du triffst, kämpft einen unsichtbaren Kampf, von dem du nichts weißt, also solltest du immer freundlich sein. Ich denke, wir beide wissen darüber mehr als jede andere in diesem Raum. Wenn ich dir sagen würde, dass Truck ein Arschloch ist, würdest du mir glauben? Würde das deine Gefühle für ihn ändern?«

»Du weißt doch genau, dass das nicht der Fall wäre«, sagte Mary.

»Eben. Ich kann nicht so tun, als wüsste ich, wie Colt sich gefühlt hat, als er diese Menschen getötet hat. Ich könnte mir vorstellen, dass er wütend war. Und er hatte Angst um seinen Freund. Und er war sicher frustriert und empfand hundert andere Emotionen, die ich nicht aufzählen kann. Wie würdest *du* dich fühlen, wenn du dieser gefangene Soldat wärst? Würdest du nicht wollen, dass deine Mitsoldaten alles tun, was nötig ist, um dich zu befreien? Was wäre, wenn das Rayne wäre und jemand würde sie als Geisel halten? Würdest du nicht zweiundvierzig Leute töten, um an sie heranzukommen?

Die Nacht deiner Hochzeitsfeier war für mich die Hölle auf Erden. Ich gab vor, fröhlich zu sein, aber ich fühlte mich elend und hatte das Gefühl, dass alle mich anstarrten und sich fragten, wer ich war und warum ich dort war. Colt war der *Einzige*, der das bemerkte. Er begriff, dass etwas nicht stimmte, und holte mich da raus. Er verbrachte die ganze Nacht damit, sich zu vergewissern, dass es mir gut ging. Er hat mich nicht wegen Sex unter Druck gesetzt. Tatsächlich habe ich mir kein einziges Mal Sorgen gemacht, dass das der Grund sein könnte, warum er mir geholfen hat. Er hat mich die ganze Nacht in seinen Armen gehalten, damit ich mich sicher fühle, auch wenn ich mit meinem Verstand kämpfte, der mir Dinge sagte, von denen ich verdammt gut wusste, dass sie nicht wahr waren, zum Beispiel dass mich bei eurem Empfang alle angestarrt haben. Es ist mir scheißegal, was Colt in der Vergangenheit getan hat. Genauso wie es mir egal ist, was du getan hast. Du bist auch nicht perfekt, und was du mir gerade gesagt hast, war unhöflich und zickig, aber ich lasse es gut sein, weil ich deine Freundin sein will, du mit meinem Bruder verheiratet bist und ich wirklich glaube, dass du mir helfen wolltest. Ich erwarte nicht, dass Colt eine Vorzeigefigur ist. Unterm Strich ist er nett zu *mir* – und das ist das, was für mich zählt. Er ist auch wirklich besorgt um die Männer unter seinem Kommando, einschließlich meines Bruders, deines Mannes. Und als ich letzte Woche anrief und ausflippte und Angst hatte, weil Männer in meine Wohnung eingebrochen waren, war Colt derjenige, der mich durch diese Situation gebracht hat. Er hat dafür gesorgt, dass ich ruhig geblieben bin, damit die Männer mich nicht finden konnten. Ich weiß *genau*, wer Colt Robinson ist. Ich glaube, *du* hingegen weißt es nicht.«

Die Stille, die darauf folgte, war ziemlich erdrückend, aber Macie weigerte sich, den Blick von Mary abzuwenden. Es kostete sie jedes Quäntchen Selbstbeherrschung, doch sie starrte sie weiter an.

»Es tut mir leid«, sagte Mary schließlich. »Mein Gott, du hast recht. Darüber zu urteilen steht mir nicht zu. Aber ich muss zu meiner Rechtfertigung sagen, dass ich all die Dinge gesagt habe, weil du mir nicht egal bist. Ich mag dich nämlich. Ich versuche, nicht immer gleich zu sagen, was ich denke, doch offensichtlich habe ich da heute versagt. Vergibst du mir?«

»Natürlich tue ich das«, erklärte Macie ihr. Schließlich wollte sie auf keinen Fall mit ihrer Schwägerin streiten.

»Es tut mir leid, dass du dich während der Hochzeitsfeier schlecht gefühlt hast«, erklärte Casey. »Hat irgendjemand etwas zu dir gesagt?«

Macie atmete tief durch. Sie konnte entweder zugeben, dass sie Panikattacken hatte, oder irgendetwas erfinden, damit die andere Frau sich keine Sorgen mehr um sie machte. Aber sie wollte Freundinnen haben. Sie wollte sich ihnen gegenüber öffnen können, wenn in ihrem Leben etwas Gutes oder Schlechtes passiert war. Wenn sie jetzt lügen würde, wäre es fast unmöglich, dies später zu erklären.

Im Bruchteil einer Sekunde traf sie eine Entscheidung und sagte: »Ich habe chronische Angstzustände. Ich nehme deswegen auch Medikamente, aber manchmal helfen sie nicht richtig.« Sie versuchte, die Erklärung so einfach wie möglich zu halten, und hielt dann quasi die Luft an, um zu sehen, wie sie reagierten.

»Das ist wirklich schlimm«, entgegnete Casey.

»Wow, ich kann mir nicht einmal annähernd vorstellen, wie schrecklich das sein muss«, bemerkte Rayne.

Aber besonders Marys Reaktion war kaum zu fassen. Sie stand aus ihrem Sessel auf und kam hinüber zu Macie. Sie kniete sich vor sie hin und legte ihr eine Hand aufs Knie. »Es tut mir leid«, sagte Mary. »Ich sollte besser als jeder andere wissen, dass man Leute nicht vorschnell beurteilen darf. Und fürs Protokoll: Du scheinst immer alles perfekt unter Kontrolle zu haben. Ja, du warst nervös an dem Tag, an dem du in die Bank kamst, aber ich dachte mir, es lag daran, dass du mich vorher noch nicht gekannt hattest.«

»Als ich nach diesem Treffen nach Hause gekommen bin, habe ich eine Tablette genommen, die ich mir für Extremsituationen aufspare, und dann habe ich zwölf Stunden am Stück geschlafen«, gab Macie zu.

»Auch wenn es dir vielleicht nicht hilft, ich bewundere dich«, erklärte Mary. »Du hast die Hölle durchgemacht und dich nicht unterkriegen lassen. Du bist wirklich wahnsinnig hart im Nehmen.«

Macie starrte sie an. Sie wusste, was Mary durchgemacht hatte. Nicht nur während ihrer Kindheit, sondern auch mit dem Brustkrebs, gegen den sie gekämpft hatte ... zweimal. Wie konnte es sein, dass sie ausgerechnet *Macie* für stark hielt? An den meisten Tagen fühlte sie sich wie ein lebendes Wrack.

»Aber jetzt ist mir alles klar. Du bist perfekt für den Kommandanten.«

Bei diesem Kommentar gingen Macie alle möglichen Dinge durch den Kopf. Dass sie perfekt für ihn war, weil sie jemanden brauchte, der sich um sie kümmerte. Dass sie zu schwach war, um ohne einen Mann an ihrer Seite durchs Leben zu kommen. Aber dann sprach Mary erneut.

»Weil dein Herz so groß ist, siehst du das Gute in jedem Menschen. Und du sorgst dich um Dinge, weil sie dir eben nicht egal sind. Kein bisschen egal. Ich glaube, der Kommandant braucht das. Er braucht jemanden, der sich um ihn kümmert, so wie er sich um alle Soldaten unter seinem Kommando kümmert.«

Macie blinzelte. Mary hatte recht, was Colt betraf. Er arbeitete hart. Er sorgte sich um die Soldaten unter seinem Kommando ... und um ihre Familien.

Sie dachte an die letzte Woche, wie glücklich er gewesen war, als sie das Abendessen für sie zubereitet hatte. Als sie die Wäsche gewaschen hatte. Als sie die Bettwäsche gewechselt hatte, in der sie die ganze Woche geschlafen hatten. Sie dachte, er wäre dankbar, weil er versuchte, ihr ein besseres Gefühl dafür zu geben, dass sie vorübergehend dort lebte, aber ihr wurde jetzt klar, dass er diese Dinge wahrscheinlich sonst immer selbst tun musste.

»Verdammt«, sagte Casey und wischte sich die Tränen

aus den Augen. »Ihr bringt mich noch zum Heulen. Schlampen.«

Mary lächelte Macie an und wandte sich dann an Casey. »So sind wir eben, ein Schlampenteam.«

Macie konnte nicht glauben, dass sie es lustig fand, dass jemand sie eine Schlampe nannte. In der Vergangenheit hätte eine solche Beschimpfung sie für ein paar Tage ins Bett getrieben. Aber es fühlte sich wie ein Kompliment an, mit Mary verglichen zu werden, die sich von niemandem etwas gefallen ließ. Macie mochte sie. Ford hatte viel mit ihr über Marys Hintergrund gesprochen und sie davor gewarnt, das, was sie sagte, persönlich zu nehmen. Er hatte ihr gesagt, dass seine Frau frech wäre, aber nur, um sich davor zu schützen, verletzt zu werden. Das machte damals Sinn und es machte jetzt noch mehr Sinn.

Sie war nicht sauer auf Mary, weil sie ihre Meinung über Colt geäußert hatte. Die andere Frau hatte versucht, auf Macie aufzupassen. Es war nur so, dass es ihr scheißegal war, was Colt in der Vergangenheit getan hatte. Sie kannte nicht die Einzelheiten dessen, was passiert war, aber sie vertraute Colt. Sie wusste, dass er niemanden verletzen würde, wenn die Situation es nicht erforderte. Und seltsamerweise fühlte Macie sich durch Marys Worte mit Colt noch wohler. Er würde dafür sorgen, dass ihr Ex ihr nicht zu nahe kommen würde. Daran hatte sie keinen Zweifel.

»Wurden die beiden Männer, die in deine Wohnung eingebrochen sind, schon gefunden? Oder dein Ex?«, fragte Rayne, als könnte sie Macies Gedanken lesen.

»Noch nicht. Vorgestern ist Truck zu meiner Wohnung gefahren und hat festgestellt, dass jemand dort gewesen war. Die Wohnung war zwar nicht verwüstet, aber der Eindring-ling hatte auf jeden Fall nach dem gesucht, was Teddy dort hinterlassen hatte. Die Polizei fand nichts in meinem Panikraum, obwohl Teddy den Jungs erzählt hat, dass er es dort versteckt hat«, erklärte Macie und fühlte sich bei diesen Frauen sehr viel wohler, als sie es seit Langem bei irgendwem getan hatte.

»Verdammte Scheiße!«, rief Mary.

»Drogen?«, wollte Casey wissen.

»Das ist es ja eben. Ich weiß es nicht. Die Polizei hat einen Drogensuchhund mit in meine Wohnung gebracht und er hat nichts gefunden. Er hat an bestimmten Stellen ein paarmal Alarm geschlagen, aber der Hundeführer ging davon aus, dass das alles Stellen waren, an denen Teddy sich aufgehalten hatte, während er wahrscheinlich Drogen bei sich hatte.« Macie gefiel der Gedanke überhaupt nicht, dass er bei ihr in der Wohnung gewesen war und Drogen dabeihatte, aber sie versuchte, sich nicht darauf zu versteifen. In all dem Chaos war Colt eine enorme Hilfe gewesen, weil es sie daran erinnert hatte, dass nicht *sie* diejenige war, die Drogen nahm, und dass sie nicht gewusst hatte, dass Teddy damit zu tun hatte.

»Willst du, dass wir in deine Wohnung fahren und aufräumen oder dir irgendwas holen?«, fragte Emily.

Macie starrte sie ungläubig an.

»Was?«, fragte Emily, als Macie ihre Frage nicht beantwortete. »Hätte ich besser nicht fragen sollen? Macht es dir Angst, wenn Leute in deinen persönlichen Bereich eindringen?«

Macie schüttelte den Kopf. »Nein. Ich meine natürlich, ja, aber darum geht es jetzt nicht … ihr kennt mich doch gar nicht«, platzte sie heraus, wobei sie ins Stocken geriet.

Emily lächelte. »Ich weiß, dass du dem Kommandanten sehr wichtig bist. Ich weiß, dass er unsere Männer gebeten hat, uns heute hierherzuschicken, weil er besorgt war, dass du meistens allein hier bist. Ich weiß, er hat Fletch gesagt, dass er sich dieses Wochenende freinehmen würde, weil er es mit dir verbringen will. Ich kenne dich vielleicht noch nicht so gut, aber ich möchte dich gern kennenlernen. Außerdem würde ich durch die Fahrt nach Lampasas aus dem Haus kommen und für eine Weile Ruhe und Frieden finden. Ich liebe meine Kinder, aber sie strapazieren mich manchmal ganz schön.«

»Ich würde auch gern helfen«, fügte Casey hinzu.

»Ich auch«, erklärte Mary grinsend.

»Ich ... danke«, erklärte Macie, »aber ich brauche nichts. Truck hat mir neulich ein paar Sachen mitgebracht und Colt ist neulich Abend hingefahren. Er sagte, er wolle dafür sorgen, dass mein Kühlschrank leer ist, aber ich glaube, er hoffte, dass einer der Männer, die in meine Wohnung eingebrochen sind, irgendwo herumlungerte.«

»Das hört sich wirklich nach etwas an, das einer unserer Männer tun würde«, erklärte Casey lächelnd.

Und in dem Moment kam Annie zurück in die Wohnung. Sie war außer Atem und sprach mit rasender Geschwindigkeit. »Mommy! Ich habe eine neue Freundin. Sie heißt Sam. Das ist die Kurzform von Samantha. Ich habe ihr gezeigt, wie man Soldat spielt, und ich mag sie wirklich!«

Emily lächelte ihre Tochter an und warf dann den anderen Frauen einen Blick zu, als wollte sie sagen: »Seht ihr? Anstrengend.«

»Das ist toll, mein Schatz. Und jetzt wasch dir die Hände, bevor du das ganze Haus des Kommandanten schmutzig machst. Ich habe gesehen, dass das Badezimmer neben der Küche ist.«

Ohne ein Wort zu sagen, drehte Annie sich um und begab sich zum Händewaschen in den Waschraum.

Der Rest des Nachmittags verlief relativ reibungslos. Macie war überrascht, wie wohl sie sich in Gegenwart der drei Frauen fühlte, aber es half definitiv, Annie dort zu haben. Ihre Anwesenheit hielt jeden davon ab, irgendetwas vorzubringen, was das kleine Mädchen verärgern könnte. Sie lachten, klatschten und sprachen darüber, wie es war, eine Armeefrau zu sein.

Ehe sie sich versah, war es Viertel vor vier und die Haustür ging auf und Colt kam nach Hause.

Macie sah auf und lächelte ihn an. Er sah sie und kam direkt auf ihre Seite. Er beugte sich hinunter, küsste sie auf die Wange und richtete sich dann wieder auf. »Hey.«

»Hey«, entgegnete sie.

»Du siehst so aus, als würdest du dich amüsieren«, stellte er fest.

Macie nickte.

»Es riecht nicht so, als hättest du was zum Abendessen gekocht?« Er zog eine Augenbraue hoch und so wurde aus seiner Aussage eine Frage.

Macie runzelte die Stirn. »Nein, ich hatte noch gar nicht darüber nachgedacht. Allerdings kann ich uns schnell was machen, das ist kein Problem. Möchtest du gegrilltes Hühnchen? Hamburger?«

Er lächelte und strich ihr übers Haar. »Ich habe Lust auf Chinesisch. Wenn du möchtest, hole ich uns schnell was. Ich wollte nur nichts besorgen für den Fall, dass du uns schon was gekocht hast.«

»Chinesisch hört sich toll an.«

Colt lächelte sie an. »Perfekt. Bleib ruhig hier und unterhalte dich. Ich hab noch ein paar Sachen oben im Büro zu tun. Ich komme gleich wieder runter und dann kannst du mir sagen, was du haben möchtest, okay?«

»Okay.«

Und erst dann drehte er sich um und nickte den

anderen Frauen zu. »Schön, euch alle zu sehen«, erklärte er höflich.

Mary starrte Colt an, als hätte sie ihn noch nie zuvor gesehen. Casey und Emily lächelten und erwiderten die Begrüßung.

»Hi«, rief Annie fröhlich.

»Hey, Annie. Wie geht es dir? Hast du den Hindernisparcours geübt, denn bald ist ja der Kinderwettbewerb?«

»Ja!«, rief sie und nickte so kräftig, dass Macie schon dachte, ihr würde der Kopf abfallen. »Ich kann es kaum erwarten! Dieses Mal war ich fünf Sekunden besser als letztes Mal.«

Colt ging zu ihr hinüber und legte eine Hand auf ihre Schulter. »Für mich besteht keinerlei Zweifel daran, dass du die Trophäe gewinnen wirst«, sagte er ernst. »Ich bin fest davon überzeugt, dass du alles schaffst, was du willst.«

»Ich möchte Ärztin werden«, erklärte sie. »Und dann möchte ich allen Soldaten helfen, wenn sie während des Einsatzes verwundet werden, damit sie zu ihren Familien zurückkehren können.«

Macie blinzelte überrascht. Die meisten Achtjährigen, denen sie begegnet war, wollten in dem Alter noch Ballerina oder Schauspielerin werden. Annie war da um einiges spezifischer ... und hochtrabender.

»Jeder, der in deiner Einheit ist, kann sich glücklich schätzen«, erklärte Colt ernst. Dann drehte er sich um, lächelte die anderen an, zwinkerte Macie zu und ging nach oben in sein Büro.

»Unglaublich«, flüsterte Casey.

»Ich nehme alles zurück, was ich gesagt habe«, erklärte Mary kopfschüttelnd.

»Er hatte wirklich nur Augen für dich«, bemerkte Emily und lächelte Macie an. »Wir waren geradezu Luft für ihn.«

»Er wollte nicht unhöflich sein«, verteidigte Macie Colt. »Er wollte sich nur versichern, dass es mir gut geht. Ich war heute ausgesprochen nervös, und das wusste er.«

Mary schüttelte den Kopf. »Er sieht dich so an, wie Truck mich ansieht. Wie Beatle Casey und Fletch Emily ansieht.«

Macie wollte protestieren. Wollte erklären, dass das, was Mary sagte, nicht stimmte, das konnte sie jedoch nicht. Sie hatte gesehen, wie ihr Bruder Mary ansah. Sie war bei der Hochzeit gewesen und hatte gesehen, wie *all* die Männer in Colts Team mit ihren Frauen umgingen. Es stimmte. Sie hatte sich mittlerweile daran gewöhnt, im Mittelpunkt von Colts Aufmerksamkeit zu stehen, und hatte sich selbst eingeredet, dass er nur höflich sein wollte. Doch tief in sich drin wusste sie es besser. Es bestand eine Verbindung zwischen ihnen beiden. Und zwar eine, die ausgesprochen tief ging.

Also antwortete sie nicht, sondern lächelte einfach nur.

»Wie sieht Daddy dich denn an, Mommy?«, fragte Annie verwirrt und legte den Kopf zur Seite.

Emily strich ihrer Tochter durchs Haar. »So, als wäre ich seine Frau, natürlich.«

Annie runzelte die Stirn. »Ich verstehe es nicht.«

»Das wirst du, mein Schatz. Wenn du ein bisschen älter bist.«

Annie verdrehte die Augen. »Das sagst du immer.«

»Und zwar, weil es stimmt.«

»Oh, oh, Mommy! Sieh nur! Normalerweise sollte Ethan jetzt essen!«, erklärte Annie und zeigte auf Emilys T-Shirt.

Vorne drauf breiteten sich zwei feuchte Flecke aus.

»Oh, Mist. Du hast recht«, Emily sah die anderen Frauen verlegen an. »Normalerweise füttere ich ihn um diese Zeit, und obwohl ich Milch abgepumpt habe«, erklärte sie und zeigte auf ihre Brust, »ist mein Körper noch ganz auf seine Fütterungszeiten eingestellt.«

Die anderen lachten alle, doch Macie konnte nicht anders, als Emily entsetzt anzustarren. Und zwar nicht, weil die Milch ihr T-Shirt durchweicht hatte, sondern weil sie an ihrer Stelle am liebsten vor Verlegenheit im Erdboden versunken wäre. Sie hätte den anderen Frauen nie wieder unter die Augen treten können. Sie verstand einfach nicht, warum es Emily nicht unglaublich peinlich war.

»Ich sollte wohl besser gehen«, bemerkte Casey. »Ich muss für morgen noch ein paar Arbeiten benoten.«

»Und ich möchte einfach nur meinen Ehemann wiedersehen«, erwiderte Mary grinsend.

Macie brachte die Frauen zur Tür und verabschiedete sich von Casey und Mary. Annie lief schon mal vor zum Wagen, damit sie ihn anlassen konnte, da das anscheinend eine ihrer Lieblingsbeschäftigungen war.

Also stand sie allein mit Emily in der Tür und Macie wusste nicht, was sie sagen sollte, und versuchte, nicht auf die feuchten Flecke auf dem T-Shirt zu starren.

»Es tut mir leid, wenn ich dich in Verlegenheit gebracht habe«, erklärte Emily leise.

Daraufhin sah Macie hoch und blickte sie an. »Was?«

»Ich kann sehen, dass du dich unwohl fühlst. Und es tut mir leid.«

»Es ist nur ... wenn mir das Gleiche passiert wäre, würde ich sterben, so peinlich wäre mir das. Ich müsste dann eine meiner stärksten Tabletten nehmen und mich für den Rest des Tages mit meinen Kopfhörern in einem abgedunkelten Raum verstecken.«

Emily lachte leise. »Kinder zu haben hat mir unglaublich dabei geholfen, mit Verlegenheit umzugehen. Annie hat die Angewohnheit, zum schlimmsten Zeitpunkt das absolut Schlimmste zu sagen. Und Ethan ist immer hungrig. Wenn ich ihn nicht pünktlich füttere, schreit er wie am Spieß. Ich habe gelernt, dass es einfacher ist, eine Ecke zu finden und ihn zu füttern, als zu versuchen, ihn zu beruhigen. Und eins kann ich dir sagen, viele Leute haben ein Problem damit, wenn ich ihn in der Öffentlichkeit stille. Und es ist nicht so, als würde ich einfach meine Brüste rausholen oder so.« Emily schüttelte den Kopf. »Annie war in dem Alter aus irgendeinem Grund viel einfacher als Ethan. Aber egal, ich wollte mich nur davon überzeugen, dass du in Ordnung bist.«

»Ich bin in Ordnung, danke«, entgegnete Macie. Und erstaunlicherweise war sie das wirklich. Die Tatsache, dass es Emily nicht viel auszumachen schien, was passiert war, half Macie sehr dabei, gegen ihre eigene Verlegenheit anzukämpfen. Schließlich war es etwas Natürliches. Solche Dinge passierten. »Danke, dass ihr heute gekommen seid. Ich hatte wirklich Spaß.«

»Das hört sich so an, als wärst du überrascht«, stellte Emily fest.

Macie zuckte mit den Achseln. »Es ist mir immer schwergefallen, Freunde zu finden.«

»Ich kann mir gar nicht vorstellen warum. Du bist witzig. Du bist nett. Und du hast keine Angst davor, dich für deinen Mann einzusetzen ... Und in unserer Runde gewinnst du damit Pluspunkte.«

Annie hupte genau in diesem Moment ein Dutzend Mal.

Emily lachte. »Das ist mein Stichwort. Vielen Dank für alles.« Dann lehnte sie sich vor und umarmte Macie kurz, wobei sie darauf achtete, dass ihre Oberkörper sich nicht berührten. »Wir müssen das bald mal wieder machen. Ich melde mich. Tschüss!«

Macie konnte nichts mehr erwidern, da Emily bereits

auf halbem Weg zum Wagen war und Annie bat, mit dem Hupen aufzuhören und auf den Rücksitz zu gehen.

Von allem, was Emily gesagt hatte, waren ihr zwei Worte im Gedächtnis geblieben. »Dein Mann.«

Macie wollte eigentlich entgegnen, dass Colt nicht ihr Mann war. Dass sie nur so lange bei ihm blieb, bis er es für sicher hielt, dass sie in ihre Wohnung in Lampasas zurückkehrte. Dass er sich einfach nur um die Schwester einer seiner Soldaten kümmerte.

Sie hatte Angst davor, etwas anderes zu denken. Besonders weil sie ihm am Morgen nach der Hochzeit ihre Nummer hinterlassen hatte, er sich aber nie die Mühe gemacht hatte, sie anzurufen.

Sie winkte Annie zu, als Emily losfuhr, dann ging sie zurück ins Haus und machte die Tür hinter sich zu, wobei sie darauf achtete, sie abzuschließen. Sie drehte sich um, um wieder ins Wohnzimmer zu gehen, und kreischte überrascht auf, als sie fast mit Colt zusammengestoßen wäre.

»Alles in Ordnung?«, fragte er.

Macie nickte.

»Nein, Macie«, sagte er, legte ihr die Hand in den Nacken und lehnte sich zu ihr. »Geht es dir gut?«

Sie konnte nicht anders, als zu lächeln. »Es geht mir gut«, erklärte sie ihm. »Wirklich. Ich mag sie. Annie ist zum Schreien komisch und es hat mir gefallen, Emily und Casey besser kennenzulernen.«

»Und Mary? Hat sie sich anständig benommen?«

Macie musste einen Moment zu lange gezögert haben, denn Colt seufzte und wich zurück. Er griff nach ihrer Hand und zog sie ins Wohnzimmer. Er setzte sich auf die Couch und zog Macie auf seinen Schoß. Er legte seine Arme um ihre Taille und hielt sie fest.

Macie starrte ihn schockiert an. Sie hatten bisher jede

Nacht dicht nebeneinander geschlafen und Colt zögerte nie, sie zu berühren, ihre Wange zu streicheln oder mit der Hand über ihr Haar zu fahren. Aber er hatte sie nie zuvor einfach nur herumgeschleppt – zumindest nicht seit der Nacht des Einbruchs – und sie hatte seit ihrem fünften Lebensjahr auf niemandes Schoß gesessen.

Da sie nicht wusste, wohin sie ihre Hände legen sollte, legte sie sie unbeholfen auf ihren Schoß.

»Was hat sie gesagt?«, fragte Colt.

»Nichts.«

»Mace«, sagte er noch sanfter, »ich weiß, dass sie irgendetwas gesagt hat. Schließlich ist sie Mary, sie kann einfach nicht anders, das ist Teil ihres Charmes.« Er lächelte. »Und jetzt erzähl es mir, damit ich dir versichern kann, dass alles in Ordnung ist, und dann hole ich uns etwas zum Abendessen. Ich habe Hunger.«

Es war der letzte Teil, der Macie dazu brachte, ihre Meinung darüber zu ändern, es ihm zu sagen. Sie hatte das Gefühl, dass er die ganze Nacht dort sitzen würde, wenn sie nicht auspackte. So dickköpfig war er. Aber seine Dickköpfigkeit war einer der vielen Gründe, warum sie verrückt nach ihm war.

Sie drängte diese Gefühle in den Hintergrund, weigerte sich, jetzt darüber nachzudenken, und sagte: »Ich bin mir sicher, dass sie übertrieben hat oder die Wahrheit einfach nicht kennt.«

»Die Wahrheit worüber?«

Macie atmete tief durch. »Sie wollte einfach nur, dass ich wusste, was es mit dieser ganzen Sache auf sich hatte. Was hier passiert. Und sie hat mir auch erzählt, dass du eine Menge Leute umgebracht hast, als dein Freund gefangen genommen wurde.«

Sie fühlte, wie sich Colts Oberschenkelmuskeln unter

ihrem Hintern verkrampften, und es schien, als würde sich die Luft im Raum vor Emotionen verdicken.

Ach du Scheiße. Warum hatte sie es ihm erzählt? Sie hätte etwas erfinden sollen. Sie war so eine Idiotin! Jetzt würde er ihr sagen, dass sie nicht mehr in seinem Haus bleiben konnte, dass er ihr nicht helfen konnte. Sie hätte ihre große Klappe halten sollen!

KAPITEL FÜNF

Colt fühlte, wie Macie auf seinem Schoß zu zittern begann, und tat sein Bestes, um seine eigenen Muskeln zu entspannen. Aber es war zu spät. Er konnte es daran erkennen, dass sie in sich zusammengefallen war und seinem Blick nicht mehr begegnen konnte.

Er hasste es, Dinge zu tun, die ihre Angst aufflammen ließen, also versuchte er schnell, das Problem zu beheben. Ihre Worte hatten ihn überrascht und die Erinnerungen an diesen schrecklichen Tag wachgerufen, den Tag, der sein Leben für immer verändert hatte.

Er begann zu sprechen, wobei er seine Arme um sie schlang, damit sie nicht fliehen konnte.

»Ich bin dreiundvierzig Jahre alt. Ich bin fast mein ganzes Erwachsenenleben beim Militär gewesen. Ich habe keine Ahnung, was ich tun werde, wenn ich gezwungen werde, in den Ruhestand zu gehen. Ich war nie verheiratet. Ich habe keine Kinder. Ich habe in meinem Leben viele Fehler gemacht, und ich werde dich nicht anlügen, Macie. Ich habe Menschen getötet. Und zwar viele. Aber wenn ich es wieder tun müsste, würde ich es tun. Jedes Mal ...«

Er hielt inne und holte tief Luft. Er war sich nicht sicher, ob er noch einmal nacherleben konnte, was am Ende seiner Delta Force-Karriere geschehen war.

Dann spürte er, wie Macie sich an ihn gelehnt leicht entspannte. Sie legte den Kopf auf seine Schulter und schlang ihre Arme zaghaft um seinen Hals. Das reichte, um ihm den Mut zu geben, sich ihr zu öffnen. Sie wies ihn nicht zurück. Sie kannte das Wesentliche, und trotzdem legte sie ihre Arme um ihn.

»Mein Team wurde in eine feindliche Stadt geschickt, um sich mit Leuten zu treffen, die wir für treue Anhänger hielten. Unser Geheimdienst sagte, sie wollten uns beim Sturz der Taliban, die in dieser Region einen Stützpunkt hatten, unterstützen. Ehrlich gesagt, wir waren dabei, den Kampf dort zu verlieren, und brauchten jede Hilfe, die wir kriegen konnten. Die hohen Tiere hielten es für eine gute Idee, mit Hilfe lokaler Truppen zu kämpfen. Also gingen wir hinein. Wir waren vorsichtig und unsicher, aber wir bekamen einen direkten Befehl, also gingen wir rein. Ich hatte das Kommando über mein Team, und so war ich in Führung, als eine Granate mit Raketenantrieb aus dem Nichts auftauchte und das Gebäude hinter uns verwüstete. Es stürzte direkt über uns ein.«

Macie sog heftig die Luft ein, sagte aber nichts. Colt spürte, wie sie mit den Fingern die kurzen Haare in seinem Nacken streichelte. Er schloss einen Moment lang die Augen und genoss einfach nur das Gefühl ihres Körpers an seinem. Wie schön sich ihr Streicheln anfühlte.

»Ich wachte einige Zeit später auf. Ich bin mir nicht sicher, wie viel Zeit vergangen war. Ich war vollständig unter den Steinen und dem Beton des Gebäudes begraben, aber irgendwie war ich wegen der Art und Weise, wie die Mauern eingestürzt waren, nicht zerquetscht worden. Ich weiß nicht, ob du dich daran erinnerst, dass am elften September einige Menschen lebend in einem der Treppenhäuser der eingestürzten Gebäude gefunden wurden.«

Macie nickte, also sprach Colt weiter.

»Ja, also, das ist es, was mir passiert ist. Ich war relativ unverletzt, nur wund, verwirrt und hatte rasende Kopfschmerzen. Ich schob die Trümmer selbst von mir herunter und kroch hinaus. Es war fast dunkel, aber ich konnte immer noch alles um mich herum sehen. Zwei meiner Teamkollegen lagen tot da, die Köpfe unter den Steinen des Gebäudes zerquetscht. Ein anderer war aus den Trümmern herausgezogen und entkleidet worden. Bud war nackt, und er hatte Einschusslöcher im ganzen Körper und eine riesige Blutlache um sich herum. Zu Hause hatte er zwei Kinder und ein weiteres war unterwegs. Ich drehte den Kopf, um mich zu übergeben, und begegnete dem Blick von Randy, einem anderen Teamkollegen. Er war am Leben. Er lag in den Trümmern des Gebäudes, aber seine Beine und sein Becken waren zerquetscht und er war unter einem riesigen Betonblock eingeklemmt.

Ich ging zu ihm und er erzählte mir, was mit unserem letzten Teamkollegen passiert war, den ich noch nicht gefunden hatte. Randy hatte miterlebt, was mit allen passiert war, konnte aber nichts tun, um zu helfen. Er wusste, dass er im Sterben lag. Er konnte es fühlen. Er sagte, Sergeant Griswald hätte die Aufständischen zunächst abgewehrt und versucht, sie in Schach zu halten. Er hatte alle seine Kugeln verbraucht und versucht nachzuladen, als sie ihn überwältigten. Bud hatte auf sie geschossen, von dort, wo er ebenfalls unter den Trümmern eingeklemmt war, aber sie hatten ihn herausgezerrt und ihn windelweich geprügelt. Als er fast bewusstlos war, zogen sie ihn aus und begannen zu schießen ... nur zum Spaß. Randy sagte, es schien, als wäre die ganze Stadt da gewesen und hatte lachend zugeschaut und mitgemacht. Frauen, Kinder, Männer, Alt und Jung gleichermaßen. Als Bud tot war, wandten sie sich wieder Gris zu. Er wurde von fünf Rebellen gefangen genommen.«

Colt keuchte. »Es bedurfte fünf dieser Arschlöcher, um ihn zu bändigen. Er war stark wie ein Ochse und ich kann mir vorstellen, dass er verdammt sauer war. Jedenfalls banden sie ihm ein Stück Seil um den Hals und schleppten ihn weg. Randy sagte, Gris hätte es geschafft, seine Hände unter das Seil zu bekommen, sodass er nicht erwürgt wurde, als sie ihn durch den Dreck zogen, aber er wusste nicht, wohin sie Gris gebracht hatten oder was mit ihm passiert war. Mit seinen letzten Worten bat Randy mich, seiner Frau zu sagen, dass er sie liebte und dass er verdammt stolz darauf war, zu ihr zu gehören. Er starb mitten in dieser verdammt tristen Stadt und es gab nichts, was ich dagegen tun konnte. Keine Erste-Hilfe-Maßnahme hätte seine Beine wieder zusammengefügt oder die Blutung gestoppt. Als ich mich nach den vier toten Männern um mich herum umsah, brach etwas in mir. Ich war so wütend, dass diese Männer – meine Freunde ... Ehemänner und Väter, Brüder und Söhne – tot waren. Inzwischen war es völlig dunkel und ich durchsuchte die Trümmer und nahm so viele Waffen, wie ich finden konnte, und machte mich auf die Suche nach Gris. Wir waren alle darauf trainiert worden, der Folter zu widerstehen, und ich hoffte, dass die Arschlöcher ihn nicht einfach so getötet hatten wie Bud.

Jeden einzelnen Menschen, mit dem ich auf meiner Jagd nach Gris in Kontakt kam, habe ich getötet. Einige mit meinen bloßen Händen, sodass ich keine Aufmerksamkeit auf mich zog. Ich gab ihnen auch keine Chance, sich zu identifizieren. Randy sagte, dass die ganze Stadt am Tod meiner Teamkollegen beteiligt gewesen wäre – und dass sie dabei gelacht hätten. Ich zeigte für keinen von ihnen Gnade.

Als ich Gris fand, hätte ich ihn fast nicht wiedererkannt. Sie hatten ihn nackt ausgezogen, wie sie es mit Bud getan hatten, und ihn an einen Pfahl im hinteren Teil der Stadt gefesselt. Er war kaum noch bei Bewusstsein, aber ich konnte sogar von meinem Versteck aus erkennen, dass er immer noch ums Überleben kämpfte. Ich hatte verschiedene Schusswaffen von den Leuten eingesammelt, die ich auf meinem Weg durch die Stadt getötet hatte, und hatte ein ganz schönes Arsenal aufgebaut ... ich hatte sogar einen Raketenwerfer.

Ich zögerte nicht. Ich zielte mit dem Ding auf eine Gruppe, die in der Nähe von Gris stand, und feuerte. Es war dumm. Ich hätte Gris töten können.«

»Aber das hast du nicht«, erklärte Macie im Brustton der Überzeugung.

Colt ruckte unter ihr. Er war so in seinen Erinnerungen verloren, dass er vergessen hatte, wo er war. Er hatte vergessen, dass Macie überhaupt da war.

»Um also zu bestätigen, was du gehört hast, Süße ... ja, ich habe viele Leute getötet. Alte Frauen, Teenager, Erwachsene. Ich bereue es nicht und ich würde es in der gleichen Situation wieder tun.«

»Und was ist mit Gris?«, fragte sie leise.

»Was ist mit ihm?«

»Hat er überlebt?«

»Ja, er hat überlebt. Als die Luft rein war und nachdem ich die verbliebenen Aufständischen, die nach dem Abfeuern des Raketenwerfers nicht geflohen waren, ausgeschaltet hatte, habe ich Gris von diesem verdammten Pfahl befreit und uns verdammt noch mal da rausgeholt.«

»Und darauf musst du stolz sein«, stellte sie fest.

»Vielleicht habe ich Gris nach Hause gebracht, aber Randy, Bud und die anderen habe ich dort gelassen. Die einzige Regel, die wir sehr ernst nehmen, ist, dass wir nie jemanden zurücklassen.«

Macie setzte sich auf seinem Schoß auf und drehte sich zu ihm um. Sie nahm sein Gesicht in ihre Hände und sah ihm in die Augen. »Du hättest Gris und dich selbst nicht in Sicherheit bringen können, wenn du auch noch ihre Leichen mitgenommen hättest. Sie hätten es verstanden, Colt. Und ich habe das Gefühl, wenn sie wie du oder mein Bruder wären, würden sie dir in den Arsch treten, weil du auch nur daran gedacht hast, ihre Leichen zu holen, nachdem du Gris gerettet hattest.«

Sie hatte recht. Randy war sehr deutlich gewesen, wenn es um die Sicherheit ging. Er wollte keine dummen Risiken eingehen. Und Bud war völlig entspannt. Er erhielt seinen Spitznamen, weil ihn der Drill-Sergeant im Ausbildungslager beschuldigte, high zu sein, weil er sich von nichts aus der Fassung bringen ließ. Bud hätte einfach nur mit den Achseln gezuckt und gesagt, dass Colt getan hatte, was er tun musste, um Gris nach Hause zu bringen.

Auch wenn er wusste, dass sie recht hatte, linderte das nicht die Schuldgefühle, die er immer noch mit sich herumtrug.

»Ich verstehe, dass du dich irgendwie schuldig fühlst«, erklärte Macie, nachdem sie ihren Kopf wieder an seine Schulter gelehnt hatte.

Colt wurde augenblicklich aus seinen Gedanken gerissen und konzentrierte sich auf die Frau auf seinem Schoß. Sie lag nicht mehr entspannt in seinem Arm. Er spürte, wie ihre Muskeln sich zusammenzogen, als sie zu sprechen begann.

»Es gibt so viele Dinge in meinem Leben, wegen derer

ich mich schuldig fühle. Ich habe so viele Fehler gemacht, dass es nicht einmal lustig ist. Angefangen beim Streit mit meinem Bruder, bevor er ging.«

»Ihr wart doch noch Kinder. Du kannst dir deswegen keinen Vorwurf machen«, erklärte Colt. Er rieb mit einer Hand ihr Kreuz, während er die andere auf ihren Oberschenkel legte und sie sanft massierte.

»Ich glaube nicht, dass ich mir Vorwürfe mache, aber ich wünschte, ich hätte auf ihn gehört.«

Colt erstarrte.

»Der Junge, mit dem ich zusammen war, war kein netter Kerl. Ford wusste es, aber ich dachte, der Typ liebt mich. Ich habe mich wohl an ihn geklammert, als Ersatz für Ford, dessen Zuneigung ich verlieren würde, wenn Ford wegging. Aber er war kein guter Kerl. Er überzeugte mich, dass er mich liebte und dass wir für immer zusammen sein würden. Ich war so jung ... ich dachte, wir würden heiraten. Ich ließ mich von ihm überreden, mit ihm zu schlafen. Und ich ... ich wurde schwanger, als ich fünfzehn war.«

Colt zwang sich zu atmen, unterbrach sie aber nicht.

»Ich wollte dieses Baby so sehr«, erklärte Macie leise. »Wir fingen an, uns mehr zu streiten, und ich hatte den Verdacht, dass er sich hinter meinem Rücken mit anderen Mädchen traf, aber ich wollte unsere Beziehung unbedingt kitten. Ich erzählte ihm von dem Baby und natürlich hat er mit mir Schluss gemacht. Er sagte, er wäre noch nicht bereit, Vater zu werden. Er stand einfach auf und ging. Es brach mir das Herz, aber ich war entschlossen, mein Baby allein großzuziehen.«

Sie sprach nicht weiter und Colt gab ihr einige Minuten Zeit, um den Faden wieder aufzunehmen, als sie das aber nicht tat, legte er ihr die Hand in den Nacken und massierte sie. »Was ist passiert?« Er war sich ziemlich sicher, dass sie nicht irgendwo ein Kind versteckt hatte. Er rechnete in seinem Kopf nach und ging davon aus, dass ihr Kind irgendwo um die achtzehn Jahre alt sein müsste.

»Meine Eltern haben mich zu einer Abtreibung gezwungen.«

Ihre Aussagen waren schlicht und umso herzzerreißender, weil sie nicht emotional waren.

»Das tut mir so leid, meine Süße.«

Sie kuschelte sich noch fester an ihn und zog die Knie hoch. Colt hielt sie fester im Arm und versuchte, sie zu unterstützen und zu beschützen.

»Sie sagten, ich würde eine schreckliche Mutter abgeben. Sie überzeugten mich, dass ich keine Möglichkeit hätte, mich selbst zu ernähren, geschweige denn ein Baby. Sie sagten, sie würden nicht babysitten und ich müsste die Schule abbrechen. Sie sagten mir, ich sei eine Schlampe, und es sei kein Wunder, dass mein Bruder abgehauen ist und seitdem nicht mehr mit mir gesprochen hat. Sie sagten, ich hätte keinen gesunden Menschenverstand und mein Baby würde wahrscheinlich deformiert oder behindert sein.«

»Solche Arschlöcher!« Das Wort platzte aus Colt heraus, bevor er es aufhalten konnte. »Macie, wie alt du bist, hat keinerlei Einfluss darauf, ob dein Baby gesund zur Welt kommt. Und ich kann dir garantieren, dass Truck nicht deinetwegen weggegangen ist.«

»Das weiß ich ... *jetzt.* Aber das wusste ich damals nicht. Ich ließ mich von ihnen überzeugen, dass es das Beste war. Sie fuhren mich in die Klinik und weigerten sich, mit mir zum Arzt zu gehen. Als sie abgetrieben wurde ... tat es weh, Colt. Nicht physisch, der Arzt betäubte mich für diesen Teil des Eingriffs, aber es fühlte sich an, als würde ein Teil von mir weggerissen. Der Arzt sagte, dass ich mir das nur einbildete, dass der Fötus klein genug war, dass ich nichts fühlen konnte, aber es war, als wären wir geistig verbunden. Ich konnte spüren, wie sie starb.«

»Sie?«, fragte Colt. Tränen bildeten sich in seinen Augen, als er sich die seelischen Qualen vorstellte, die sie als verletzlicher Teenager durchgemacht hatte.

»Ja. Eine Tochter. Sie wäre jetzt achtzehn. Sie würde die Highschool abschließen und sich auf das College vorbereiten. Ich frage mich oft, was für ein Mensch sie heute wäre. Würde sie eine Nervensäge sein und sich jeden Abend rausschleichen? Oder würde sie Mathe und Naturwissenschaften mögen? Vielleicht wäre sie eine Sportlerin oder eine Sängerin. Ich fühle mich schuldig, weil ich meinen Eltern so leicht nachgegeben habe. Ich hätte ihnen die Stirn bieten sollen. Vielleicht wäre meine Tochter heute noch am Leben und würde sich darauf vorbereiten, die Welt zu verändern.«

»Hör mir zu«, sagte Colt, hielt sie am Kinn fest und drehte ihren Kopf zu sich, damit sie ihn ansehen musste. »Du hast keinen Grund, dich schuldig zu fühlen. Wegen gar nichts. Deine Eltern sind diejenigen, die sich schuldig fühlen sollten. Sie haben dich und Truck jahrelang wie Scheiße behandelt. Die Tatsache, dass sie getan haben, was sie konnten, um dir das Gefühl zu geben, dass sein Weggehen deine Schuld war, war für mich schon genug, um sie zu hassen. Aber die Tatsache, dass sie dich gezwungen haben, dein Baby abzutreiben, obwohl du es nicht wolltest, ist unverzeihlich.

Wenn ich im Laufe der Jahre etwas gelernt habe, dann, dass wir nicht mehr zurückkönnen. Wir können die Vergangenheit nicht ändern. Wir können nur vorwärts gehen. Es ist scheiße und es ist nicht fair, aber es ist, was es ist. Du hast jetzt deinen Bruder zurück. Und du hast mich. Du musst nie wieder mit den Leuten sprechen, die dich gezeugt haben. Du hast eine ganze Gruppe von Männern und Frauen, die sehr gern deine Freunde sein möchten.

Ich will nicht sagen, dass ich nie auf das zurückblicken werde, was mit meinen Freunden geschehen ist, und mir wünsche, dass die Dinge anders sein könnten, aber ich tue mein Bestes, um weiterzumachen. Die Art von Mann zu sein, die sie sich an ihrer Seite wünschen würden. Die Art von Kommandant zu sein, der seine Männer niemals in die Schlacht schicken würde, ohne alle Fakten zu kennen. Dein Bruder und sein Team und das andere Team, das ich befehlige, werden sich nie darum kümmern müssen, ob sie alle Fakten kennen, bevor sie ihr Leben aufs Spiel setzen. Ich werde sie nicht in den Einsatz schicken, wenn ich nicht sicher bin, dass ich alles weiß, was es zu wissen gibt über die Situation, in die ich sie schicke. Randy und Bud sind nicht umsonst gestorben. Sie leben in deinem Bruder weiter und in jedem einzelnen Mitglied des Delta Force-Teams, für das ich verantwortlich bin.«

»Und was ist mit Gris?«, fragte Macie.

Colt lächelte zum ersten Mal seit einer gefühlten Ewigkeit. »Er wurde aus medizinischen Gründen pensioniert. Lebt in dieser winzigen Stadt namens Stehekin im Staat Washington. Dort gelangt man nur nach einer vierstündigen Fährfahrt auf dem Chelan-See hin. Sie haben dort keine großen Läden, es gibt nur etwa hundert ganzjährige Bewohner und die Stadt ist sieben Monate im Jahr unter Schnee begraben.«

»Hört sich himmlisch an«, sagte Macie lächelnd.

»Ich war schon ein paarmal da. Und es ist wirklich himmlisch«, stimmte Colt ihr zu. »Er und seine Frau haben drei Kinder. Sein ältester Sohn heißt Colt.«

Ihr Lächeln wurde breiter. »Ich würde ihn gern irgendwann mal kennenlernen.«

»Abgemacht. Ich nehme dich gern mal mit nach Stehekin. Allerdings besser im Sommer. Das ist mir sonst zu viel Schnee.«

Sie kicherte und Colt konnte sie nur anstarren. *Er* hatte sie dazu gebracht. Sie hatte gerade davon gesprochen, dass ihr Baby gestorben war, und er hatte sie trotzdem zum Lächeln gebracht.

Colt hatte nie an das Schicksal geglaubt. Auf keinen Fall hatten Randy, Bud und die anderen so sterben sollen, wie sie es getan hatten. Auf keinen Fall war Gris dazu bestimmt, so gefoltert zu werden.

Aber auf seiner Couch, mit Macie entspannt und warm in seinen Armen, musste er es noch einmal überdenken.

Er hatte einige beschissene Dinge in seinem Leben getan. Er hatte jemanden wie Macie definitiv nicht verdient. Und doch war sie hier. Es gab so viele Entscheidungen, die die beiden im Laufe der Jahre getroffen hatten, und selbst eine einzige hätte bedeuten können, dass sich ihre Wege nie gekreuzt hätten. Aber das hatten sie.

Colt setzte sie beide so auf die Couch, dass er mit dem Rücken gegen die Armlehne dasaß und sie halb zwischen seinen Beinen lag, und schaltete den Fernseher ein. Sie hatten sich heute einige ziemlich heftige Dinge offenbart. Es war Zeit, sich auszuruhen und einfach das Zusammensein zu genießen.

Er fühlte, wie Macie sich noch weiter entspannte und an ihn kuschelte und schließlich einschlief. Er streichelte ihr Haar und atmete ihren Blumenduft ein. Er gelobte drei Dinge, genau dann und dort.

Erstens, sollten ihre Eltern jemals versuchen, mit ihr Kontakt aufzunehmen, würde er dafür sorgen, dass sie verstehen würden, dass sie für sie gestorben sind, und wenn sie jemals wieder mit ihr sprechen würden, würden sie es bereuen. Zweitens würde er nicht zulassen, dass ihr Ex-Freund und seine Schlägertypen jemals Hand an sie legten. Sie hatte zu viel durchgemacht.

Und drittens liebte er sie und würde alles tun, um sie für den Rest ihres Lebens glücklich zu machen. Sie war dazu bestimmt, ihm zu gehören. Sie hatte nicht einmal mit der Wimper gezuckt, als er erzählte, dass er so viele Menschen abgeschlachtet hatte, um einen Mann zu retten. Sie war nicht entsetzt gewesen, hatte sich keine Entschuldigungen für sein Verhalten ausgedacht.

»Ich liebe dich, Mace«, sagte er in einem kaum hörbaren Flüstern.

»Mmmm«, murmelte sie und hielt sich noch fester an seinem Arm fest, der über ihrem Oberkörper lag.

Colt lächelte und fühlte endlich, wie die Schuldgefühle verflogen, die er so lange mit sich herumgetragen hatte. Er hob den Blick zur Decke und sagte leise: *Danke, Jungs.*

KAPITEL SECHS

Macie sah überrascht von ihrem Computer auf, als sie hörte, wie sich das Garagentor öffnete. Als sie auf die Uhr schaute, sah sie, dass es erst zwei Uhr nachmittags war. Sie erwartete Colt erst in etwa anderthalb Stunden zu Hause. Sie geriet jedoch nicht in Panik, denn es war nicht so, dass die Schläger, die in ihre Wohnung eingebrochen waren, das Garagentor öffnen würden, wenn sie ihr bis zu Colts Haus gefolgt wären.

Sie war dankbar für die Unterbrechung – sie hatte eine Autoren-Webseite neu aufgebaut, nachdem die alte mit einem Virus infiziert worden war, und sie war so müde, dass sie fast schielte. Also speicherte sie ihre Arbeit auf dem Computer und stand auf, um Colt zu begrüßen. Es war Freitagnachmittag und sie freute sich darauf, dass er für zwei volle Tage zu Hause sein würde. Sie fühlte sich geerdet, wenn er da war. Als hätte er eine Art magisches Kraftfeld um sich herum, das verhinderte, dass ihre Ängste aufflammten.

Sie hörte, wie sich die Garagentür schloss, und dann war er da.

»Hi.«

»Hey, Schatz. Wie war dein Tag?«

»Gut. Und deiner? Du bist aber früh zu Hause.«

»Und zwar mit Absicht. Ich dachte, wir könnten übers Wochenende wegfahren, wenn du Lust hast.«

Macie erstarrte. Ein Ausflug? Zusammen? Würden sie im selben Hotelzimmer übernachten?

Es war ein dummer Gedanke. Sie schliefen schon zusammen in Colts Bett, seit sie eingezogen war. Es lief nichts Sexuelles und im Laufe der Zeit wurde sie immer unzufriedener mit dem Status quo. Sie hatte keine Ahnung, wie sie Colt zeigen sollte, dass sie für mehr bereit war. Sie wollte nichts tun, was die angenehme Beziehung, die sie zueinander hatten, verändern könnte. Und wenn sie Sex initiierte und er wollte es nicht, wäre es ihr peinlich und sie müsste wieder in ihre Wohnung zurückziehen.

Als könnte er ihren inneren Aufruhr spüren, ging Colt auf sie zu. Macie liebte es, ihn in seiner Uniform zu sehen. Er sah selbstbewusst und stark aus, Dinge, die das genaue Gegenteil dessen waren, was sie die meiste Zeit über empfand.

»Wenn es dir lieber wäre, können wir auch hierbleiben, wie letztes Wochenende«, versicherte er ihr, während er ihr sanft eine Strähne ihres Haares hinter das Ohr strich. »Ich dachte nur, wir könnten eine Luftveränderung gebrauchen, da du, seit du hier eingezogen bist, kaum aus dem Haus gekommen bist.«

»Ich mag dein Haus eben«, platzte sie heraus.

»Das weiß ich doch, meine Süße. Und ich mag es, dass du *in* meinem Haus bist, aber ich würde gern mit dir übers Wochenende verreisen. Der Kriminalbeamte in Lampasas hat Teddy noch nicht gefunden, und das, obwohl die Polizei ihre Suche um einiges verstärkt hat, nachdem erneut in deine Wohnung eingebrochen wurde. Ich habe uns ein Zimmer im Hotel Vier Jahreszeiten in Austin gebucht. Ich habe ein Zimmer mit Blick auf den Lady Bird Lake und die Congress Avenue Bridge gewählt, damit wir bei Sonnenuntergang dabei zusehen können, wie die Fledermäuse auf Jagd gehen.«

Macie hatte von den berühmten Fledermäusen von Austin gehört. Es hieß, dass über eine Million Fledermäuse unter der Brücke lebten und jede Nacht in der Dämmerung zum Fressen herauskamen. Sie wollte sich das Phänomen ansehen, hatte aber nie die Zeit dafür gefunden.

Colt sprach weiter. »Es gibt ein Aquarium in Austin, das wir besuchen könnten, oder wir könnten eine Tour durch die Innenstadt machen. Auch die Sixth Street ist immer eine Option. Dort gibt es jedes Wochenende eine riesige Party mit Livebands, aber ich war mir nicht sicher, ob das dein Ding ist. Die Geschäfte dort sind sehr vielseitig und wir könnten tagsüber bummeln, wenn du Lust hast. Unterm Strich will ich einfach nur Zeit mit dir verbringen, Macie. Nur wir zwei. Um dich näher kennenzulernen. Um etwas Spaß zu haben.«

Macie atmete tief durch und nickte dann. »Das würde mir gefallen.«

»Aber?«, fragte Colt.

Macie lächelte ein wenig und schüttelte den Kopf. »Wieso kennst du mich so gut?«

»Weil ich eben aufpasse. Welcher Teil meines Plans gefällt dir nicht? Es ist noch nichts in Stein gemeißelt. Wir können alles jederzeit ändern, wenn du willst.«

»In Austin gibt es einen Laden namens *Ungewöhnliche Objekte*. Einer der Autoren, für die ich arbeite, hat mir davon erzählt. Es ist ein Antiquitätengeschäft, aber es ist anscheinend so viel mehr als das. Es gibt dort alles Mögliche, aber was ich wirklich gern in die Hände bekäme, sind die antiken Fotos. Echte Fotos von echten Menschen. Erinnerungen, die denjenigen, die sie erlebt haben, verloren gegangen sind, aber ich kann nur erahnen, welche Geschichten mir durch den Kopf gehen werden, wenn ich sie sehe.«

Colt lächelte sie an und hatte dabei einen Ausdruck auf dem Gesicht, den sie nicht deuten konnte. »Natürlich können wir dorthin gehen.«

»Und dort gibt es auch ein Restaurant namens *Bacon*, das ich gern besuchen würde. Ich habe die Wiederholung einer Folge von *Food Paradise* auf dem Travel Channel gesehen, in der es vorkam. Dort gibt es alle möglichen Dinge, die nach Speck schmecken. Ich glaube, das könnte interessant werden.«

Colt hatte noch immer diesen schwärmerischen Gesichtsausdruck. »Da war ich schon mal. Und du hast recht, das Essen ist großartig. Aber, Süße, ich habe schlechte Neuigkeiten für dich.«

»Was?«, fragte Macie.

»Sie haben geschlossen.«

»Im Ernst?«

»Ja. Seit ein paar Jahren schon. Wenn ich mich recht erinnere, gab es auf der Straße, in der der Laden sich befand, ständig Überschwemmungen, und die Besitzer wurden es leid. Sie hatten eigentlich vor, das Restaurant an einem anderen Ort wieder zu eröffnen, aber ich weiß nicht, ob sie das getan haben oder nicht.«

»Ach verdammt«, bemerkte Macie.

»Ich kann dir Speck machen, wenn du welchen möchtest, Mace«, erklärte Colt ihr.

»Das ist nicht das Gleiche«, erklärte sie schmollend.

Colt lachte leise. »Das stimmt. Dann finden wir eben ein anderes Restaurant, das verdammt leckeren Speck auf der

Speisekarte hat, wenn wir dort sind. Wie findest du das? Die Stadt ist ausgesprochen bekannt für eine große Auswahl kleiner, individuell geführter Restaurants.«

»Okay.«

»Also kommst du mit?«

Macie sah zu Colt auf und sagte ernst: »Ich glaube, mit dir würde ich überall hinfahren.«

»Heute haben wir wahrscheinlich keine Zeit mehr, uns die Fledermäuse anzusehen, und ich glaube, wenn wir ankommen, werden wir beide erschöpft sein. Also dachte ich, wir könnten vielleicht einfach den Zimmerservice bestellen.«

»Hört sich perfekt an. Colt?«

»Ja, Mace?«

»Ich weiß wirklich alles zu schätzen, was du für mich getan hast. Ich meine, ich weiß, ich bin Fords Schwester und er ist einer der Soldaten, die deinem Kommando unterstehen, aber ich weiß es trotzdem zu schätzen.«

Plötzlich sah er verwirrt aus. »Macie, dir ist schon klar, dass ich dir nicht helfe, nur weil du Trucks Schwester bist, richtig?«

Macie hörte die Ungläubigkeit in seiner Stimme und begann, auf einmal so nervös zu werden wie nie zuvor, seit sie bei ihm eingezogen war. »Ehrlich gesagt, nein, denn das wäre verrückt. Ich meine, du kannst natürlich nicht die Geschwister von *jedem* bei dir einziehen lassen, wenn sie Hilfe brauchen. Aber ich weiß, dass du mit Ford dort warst, als ich ihn an jenem Abend anrief. Und als ich mich weigerte, bei ihm und Mary zu übernachten, habe ich dich in eine seltsame Lage gebracht. Ich will damit nur sagen, dass ich dir dankbar bin.«

Sie konnte seinen Gesichtsausdruck jetzt nicht deuten, und das brachte Macie langsam aus der Fassung. Sie hatte offensichtlich wieder das Falsche gesagt, wusste aber nicht, wie sie das *erneut* in Ordnung bringen sollte. Also versuchte sie, das unbehagliche Schweigen zu unterbrechen.

»Ich meine, es ist nicht so, dass wir keine Freunde sind, denn ich denke, das sind wir. Ich mag dich und ich glaube, du magst *mich*. Aber als du nach der Hochzeit meines Bruders nicht angerufen hast, habe ich verstanden, wie wir zueinanderstehen, und das ist für mich in Ordnung.«

»Als ich dich nicht angerufen habe?«, fragte Colt und unterbrach so die unangenehme Stille. »Mace, ich hatte deine Nummer doch gar nicht. Ich hätte Truck fragen können, aber ich wusste nicht, ob es das war, was *du* gewollt hättest. Ich wollte auf keinen Fall, dass du dich wegen allem, was in dieser Nacht passiert ist, merkwürdig fühlst ... aber ich habe mich deswegen auf keinen Fall merkwürdig gefühlt. Ich habe es sehr genossen, mich mit dir zu unterhalten. Dich kennenzulernen. Aber ich wollte dich nicht dazu zwingen, mit mir auszugehen, wenn du das nicht wolltest.«

»Ich habe dir meine Nummer dagelassen«, erklärte Macie, nachdem sie den nötigen Mut gefunden hatte. »Auf einem Zettel.«

Plötzlich sah er nicht mehr verwirrt, sondern entschlossen aus. »Wo?«

»Wo was?«

»Wo hast du den Zettel zurückgelassen?«

Macie schwirrte vor Verwirrung der Kopf. »Direkt neben deinem Bett, ich wollte, dass du ihn gleich siehst, wenn du aufwachst. Auf deinem Nachttisch.«

Ohne ein Wort zu sagen, griff Colt nach ihrer Hand. Er drehte sich um und zog sie mit sich die Stufen hinauf ins Schlafzimmer. Macie protestierte nicht und sagte auch sonst nichts. Sie war zu verunsichert von seinem merkwürdigen Verhalten.

Als sie im Schlafzimmer angekommen waren, drehte er sich zu ihr um und verlangte: »Zeig mir wo.«

Macie zeigte auf den kleinen Tisch neben dem Bett. Derselbe Notizblock, den sie an jenem Morgen benutzt hatte, lag noch immer dort, zusammen mit dem Stift.

Colt sah zu dem Tisch, dann zu ihr und dann wieder zu dem Tisch.

Als Macie kurz davor stand auszuflippen, sagte er: »Ich habe keinen Zettel von dir gefunden, Mace. Und glaub mir, ich habe danach gesucht. Als ich aufwachte, lagst du nicht neben mir, und das fand ich nicht schön. Ich hatte mich darauf gefreut, mit dir zu frühstücken. Mich mit dir noch ein wenig weiter zu unterhalten. Also habe ich mich angezogen, um nachzusehen, ob du vielleicht dort irgendetwas für mich hinterlassen hattest. Und ich war erneut enttäuscht, als ich nichts fand. Und dann dachte ich mir, dass du eben einfach nicht die gleiche Verbindung zwischen uns gespürt hast, die ich gespürt habe.«

»Aber das habe ich. Und das tue ich *noch immer*«, erklärte Macie. »Es hat mich ziemlich viel Überwindung gekostet, dir diesen Zettel zu hinterlassen, weil ich Angst davor hatte, dass du einfach nur nett zu mir warst. Dass du das nicht ernst meintest, als du mich gefragt hast, ob ich mal mit dir zum Mittagessen oder so was gehen möchte. Aber du hast mir gefallen. Also habe ich dir meine Nummer dagelassen. Und du hast nicht angerufen.«

Er fuhr sich mit der Hand übers Gesicht. »Gott, was für ein Missverständnis«, murmelte er. Dann ließ Colt ihre Hand los und ging zum Bett hinüber. Er ließ sich auf die Knie fallen und blickte darunter. Macie hatte nicht die geringste Ahnung, was er da tat.

Dann griff er unters Bett, zog einen weißen Zettel hervor und hielt ihn hoch.

Sie hielt die Luft an. Das Papier war voller Staub, was der Tatsache geschuldet war, dass es wohl schon eine Weile dort gelegen hatte.

Er hatte nicht gelogen. So wie es aussah, hatte er ihren Zettel *tatsächlich* nicht gefunden.

Er stand auf, ging zu ihr hinüber und hielt den Zettel zwischen sie beide hin. Sie blickte auf das kleine Stückchen Papier, auf der in ihrer eigenen Handschrift stand:

Colt. Vielen Dank für gestern Abend. Wenn du es ernst gemeint hast, irgendwann mal mit mir zu Mittag zu essen, das würde mir gefallen. ~Macie

Und darunter stand in klarer Schrift ihre Telefonnummer. Sie schluckte und sah vorsichtig zu Colt.

»Verdammt noch mal«, sagte er leise. »Ich kann es nicht fassen, dass ich den Zettel nicht vorher gefunden habe. Ich habe so viel Zeit verschwendet.«

Macie wusste nicht, was sie dazu sagen sollte.

»Ich erinnere mich daran, dass ich an jenem Morgen meine Zimmertür zugemacht habe und sie fester zuschlug, als ich es vorgehabt hatte. Ich hatte mir noch gedacht, wie froh ich war, dass ich nicht in einem Haus mit mehreren Wohnungen wohne«, sagte Colt nachdenklich. »Ich wette, von dem Luftzug wurde der Zettel davongeweht. All die Zeit, die ich schon mit dir hätte verbringen können, und ich habe es vergeigt.«

Jetzt fühlte Macie sich schlecht, weil er sich selbst

Vorwürfe machte. »Ich hätte den Zettel nicht vom Block abreißen dürfen«, erklärte sie. »Aber ich war so nervös.«

»Nein«, sagte er sofort und schüttelte den Kopf, »das ist nicht deine Schuld. Es ist meine. Ich hätte einfach mehr Mumm haben und Truck nach deiner Nummer fragen sollen. Scheiße.« Colt bließ den Staub von dem Zettel und ging hinüber zu dem kleinen Tisch. Er legte den Zettel darauf und stellte sicher, dass er den Stift obendrauf legte, damit er nicht wieder weggeweht wurde, dann ging er wieder zu Macie.

Er nahm ihre Hände in seine und sah zu ihr hinab. »Ich hätte angerufen, wenn ich deinen Zettel gefunden hätte, Mace. Ich hätte dir damals gesagt, dass ich einen wunderbaren Abend mit dir verbracht habe, auch wenn er nicht unter sehr guten Umständen begonnen hatte. Ich hätte dich zum Mittagessen eingeladen. Nach dem Mittagessen hätte ich dich gebeten, mit mir zu einem Abendessen zu gehen. Ich hätte dich um Erlaubnis gebeten, dich am Ende der Verabredung zu küssen, nachdem ich dich nach Hause gefahren hätte. Und ich hätte dir danach pausenlos SMS geschrieben und dich angerufen, sobald ich von der Arbeit nach Hause kam, nur um deine Stimme zu hören. Ich hätte dir alberne Geschenke gekauft, damit du mich nicht vergisst. Wir hätten uns in deiner Wohnung und hier bei mir zu Hause Filme ansehen können. Wir hätten zusammen gelacht und ich wäre für dich da gewesen, wenn du eine Panikattacke bekommen hättest. Es tut mir so leid, dass ich deinen Zettel nicht gesehen habe. Es tut mir so *verdammt* leid.«

Macie konnte spüren, wie sich das Pochen ihres Herzens beschleunigte, doch dieses Mal war es kein schlechtes Gefühl. »Das können wir doch immer noch alles machen«, erklärte sie, nachdem sie all ihren Mut zusammengenommen hatte. »Wir haben uns doch erst vor eineinhalb Monaten kennengelernt.«

»Und ich *will* all diese Dinge mit dir tun«, versicherte Colt ihr sofort. »Und noch so viel mehr. Aber trotzdem gefällt es mir überhaupt nicht, dass wir einen ganzen Monat, in dem wir hätten zusammen sein können, verpasst haben.«

Da ihr der Ausdruck des Bedauerns auf seinem Gesicht nicht gefiel, legte Macie ihm ihre Hand an die Wange. Mit dem Daumen streichelte sie sein markantes Kinn und entgegnete: »Bitte um die Erlaubnis, mich küssen zu dürfen, Colt.«

Und plötzlich war das Bedauern aus seinem Gesicht verschwunden und von einem Ausdruck des Verlangens ersetzt worden. »Darf ich dich küssen, Mercedes Laughlin?«

»Ja. Bitte«, erwiderte sie.

Macie dachte, er würde seine Lippen sofort auf ihre pressen, aber er überraschte sie, indem er sich herunterbeugte und seine Lippen auf ihre Stirn legte. Dann auf ihre rechte Wange, gefolgt von ihrer linken. Dann nahm er ihre Hand seitlich von seinem Hals und küsste ihre Handfläche. Er ließ sie fallen und legte seine Hände auf beide Seiten ihres Halses, wobei er mit dem Daumen ihre Kieferpartie streichelte, so wie sie es bei ihm getan hatte.

»Irgendwie ist es uns gelungen, die Dinge gleich von Anfang an kompliziert zu machen, was?«, sagte er leise. »Aber so sehr ich es auch bedauere, dass ich deinen Zettel nicht gefunden und dir auch nur eine Sekunde darüber Kummer bereitet habe, warum ich dich nicht angerufen hatte, so sehr liebe ich es doch, dass du jetzt in meinem Haus wohnst. In meinem Bett schläfst. In meinen Armen. Ich habe nicht auf mehr gedrängt, denn ich will dich auf keinen Fall hetzen ...«

»Bedränge mich ruhig«, erklärte Macie und unterbrach ihn bei dem, was er als Nächstes sagen wollte.

Er schüttelte den Kopf. »Nein. Ich weigere mich, die Sache zu überstürzen. Es gibt nur einen ersten Kuss. Nur ein erstes Mal, an dem wir uns lieben. Und ich liebe dieses Gefühl der Vorfreude. Die Tatsache, dass ich wieder dieses erwartungsvolle Kribbeln in mir spüre. Denn es ist zurückgekehrt, nicht wahr? Spürst du es auch?«

Macie leckte sich über die Lippen und es gefiel ihr außerordentlich, dass sein Blick sofort zu ihrem Mund wanderte. »Ja, Colt, ich spüre es auch.«

Ehrfürchtig strich er mit dem Daumen über ihre Lippen. Dann blickte er mit seinen wunderschönen grauen Augen in ihre und senkte den Kopf.

Macie schloss die Augen und wartete.

Er strich mit seinen warmen Lippen über ihre. Ganz leicht. Fast schmerzhaft sanft.

»Das Paradies«, hörte sie ihn flüstern, bevor er seine Lippen wieder auf ihre legte, diesmal stärker. Mit der Zunge strich er gegen ihre Lippen, als würde er um Erlaubnis bitten, hereingelassen zu werden. Macie erteilte ihm diese Erlaubnis. Sie öffnete den Mund und dann küssten sie sich.

Sie küssten sich richtig.

Macie war schon einmal geküsst worden, aber es war nichts im Vergleich zu dem, wie sie sich in Colts Armen fühlte. Mit den Händen hielt er ihren Kopf, als er sie voller Verlangen küsste. Sie machte ein Geräusch tief in ihrer Kehle und griff nach Colts Uniformhemd, als sie sich alles nahm, was er ihr gab. Es war schön und animalisch zugleich. Und das Beste daran war, dass sie nicht den geringsten Hauch von Angst verspürte. Wenn sie normalerweise mit einem Mann zusammen war, machte sie sich Sorgen, wohin sie ihre Hände legen sollte, ob ihr Atem schlecht roch, ob er sich amüsierte ... aber bei Colt blieb alles andere auf der Strecke.

Alles, woran sie denken konnte, war er. Und wie sie sich seinetwegen fühlte. Alles andere war egal. Niemand sonst existierte in ihrer kleinen Welt.

Irgendwann wurde der Kuss zärtlicher. Er wurde weniger stürmisch. Er wurde weniger verzweifelt. Colt beendete ihren Kuss mit kleinen Küsschen und legte dann seine Stirn gegen ihre.

»Wow«, sagte Macie leise.

»Wow, das kann man wohl sagen«, wiederholte Colt lächelnd.

»Es gibt da etwas, das du wissen solltest«, erklärte Macie ihm.

Er wich ein wenig zurück und sah sie an, wobei er den Blick von ihren Augen zu ihrem Mund und dann zu ihren leicht geröteten Wangen gleiten ließ, bevor er ihr wieder in die Augen sah. »Ja? Was denn?«

»Ich hätte vor einem Monat auf keinen Fall zugelassen, dass du mich so küsst«, entgegnete sie ehrlich. »Und so wenig es mir auch gefällt, dass wir das Ganze mit einem Missverständnis angefangen haben, so muss ich doch zugeben, dass der Kuss mich mehr als nur dafür entschädigt hat.«

Er grinste. »Das hat er wirklich, nicht wahr?«

Macie nickte.

»Und nur damit du es weißt«, fügte er hinzu, »ich werde unseren ersten Kuss für immer als einen der aufregendsten und emotionalsten Momente meines ganzen Lebens in Erinnerung behalten.«

»Colt«, flüsterte Macie und war überwältigt. Er hatte wirklich ein Händchen dafür, immer das Richtige zum richtigen Zeitpunkt zu sagen.

»Und jetzt geh packen«, bat er sie, strich ihr mit dem Handrücken über die Wange und wich von ihr zurück. »Ich werde mich umziehen und dann treffen wir uns unten. Sobald du fertig bist, fahren wir los.«

Sie nickte. Plötzlich erschien das Wochenende noch aufregender als zuvor. Sie war schon mal in Austin gewesen, aber es mit Colt zu sehen schien irgendwie etwas Besonderes zu sein.

Macie ging auf die Tür zu. Obwohl sie jede Nacht bei ihm im Bett geschlafen hatte, befanden sich ihre Sachen im Gästezimmer, wo er ihre Koffer an dem Tag, an dem er sie hierhergebracht hatte, abgestellt hatte.

Kurz bevor sie sein Zimmer verließ, schaute sie sich um und sah, wie er mit dem Finger über ihren Zettel auf dem Nachttisch fuhr.

Er blickte auf und sah, wie sie ihn anstarrte. »Wenn die Dinge so laufen, wie ich sie mir vorstelle, dann werde ich den Zettel bald rahmen lassen, damit er mir nie wieder abhandenkommt.«

Bei seinen Worten schnürte es Macie vor Glück die Kehle zu, sodass sie kein Wort herausbekam. Also lächelte sie ihn einfach nur an und ging dann, um zu packen.

KAPITEL SIEBEN

Colt hielt Macie die Hoteltür auf und folgte ihr hinein. Er hatte eine Suite am Flussufer reserviert, damit sie die Fledermäuse beobachten konnten. Der Tag hatte Spaß gemacht. Er konnte sich nicht daran erinnern, wann er das letzte Mal so viel gelacht hatte. Als Kommandant von zwei Delta Force-Teams war er nicht dafür bekannt, der fröhlichste Mann zu sein, aber das Zusammensein mit Macie machte ihn lockerer und ließ ihn einfach den Moment genießen.

Sie waren am Freitagabend angekommen und hatten wie geplant den Zimmerservice bestellt. Dann hatten sie sich ausgeruht und sich einen Film im Pay-per-View-Format angesehen. Macie war nach der Hälfte eingeschlafen und wachte kurz auf, als er sie in die Arme nahm, um sie ins Bett zu bringen.

»Ich habe den Film verpasst«, murmelte sie.

»Ja. Pssst. Schlaf wieder ein«, befahl Colt und sofort machte sie die Augen zu, entspannte sich wieder und schmiegte sich an ihn.

Sie waren früh aufgestanden und um den See herum

spazieren gegangen. Dann hatten sie einen Imbiss zu sich genommen und waren in das Antiquitätengeschäft gegangen, das sie sehen wollte, und hatten dort mehrere Stunden verbracht. Sie hatte einen Umschlag mit alten Fotos und einige weitere Kleinigkeiten gekauft. Sie hatten einen erlesenen Ort zum Mittagessen gefunden und genossen dann den Rest des Nachmittags bei einem Spaziergang über die Sixth Street. Colt liebte es zu sehen, wie ihre Augen aufleuchteten, wenn sie etwas entdeckte, das sie interessierte. Sie kaufte nicht viele Dinge, sondern genoss es einfach, das Ambiente der skurrilen Geschäfte und Ladenbesitzer in sich aufzunehmen.

Sie waren rechtzeitig wieder im Hotel angekommen, um die Fledermäuse zu beobachten, die auf der Suche nach ihren nächtlichen Mahlzeiten unter der Brücke hervorbrachen. Colt lachte, als Macie kreischte und verkündete, sie wäre froh, dass sie sich hinter einem Fenster befänden, denn sie würde es sicher nicht genießen, in der Nähe der Tiere zu sein, wenn sie herumflogen.

Sie hatten im Restaurant des Hotels zu Abend gegessen und nun waren sie wieder im Zimmer. Den ganzen Tag hatten sie sich an den Händen gehalten und einander berührt. Colt hatte sich sogar hier und da ein paar Küsse ergaunern können.

Der ganze Tag hatte sich bis zu diesem Augenblick gesteigert, zumindest in Colts Augen. Es fühlte sich an wie ein stundenlanges Vorspiel, das eher aufregend als frustrierend war. Solange er sich erinnern konnte, hatte er sich noch nie so sehr darauf gefreut, mit einer Frau zusammen zu sein. Er war zwar mit anderen Frauen zusammen gewesen, aber nach dem Vorfall im Ausland hatte er nicht mehr das Bedürfnis nach einer Beziehung verspürt. Er konzentrierte sich darauf, der beste Kommandant zu sein, der er sein konnte, um die Männer zu schützen, die unter ihm dienten.

Bis jetzt.

Bis er Macie kennengelernt hatte.

»Das war heute wirklich ein toller Tag«, erklärte Macie leise. Sie saßen auf der Couch in ihrer geräumigen Suite, jeder mit einem Glas Wein in der Hand.

»Das stimmt allerdings«, stimmte Colt ihr zu. Ihre Hand ruhte auf seinem Oberschenkel und er legte seine Hand darauf.

Sie starrte ihn einen langen Moment an, bevor sie sich vorbeugte und ihr Glas auf den Couchtisch vor ihnen stellte. Dann nahm sie ihm das Glas aus der Hand und stellte es neben das ihre. Colt sah ihr zu, wie sie tief durchatmete, bevor sie sagte: »Ich bin schon lange nicht mehr so entspannt gewesen, und das habe ich dir zu verdanken. Wenn ich mich normalerweise in einer fremden Stadt befinde, mache ich mir darüber Gedanken, wo ich bin und wo ich hin muss, wer sich um mich herum befindet und was meine ganzen Pläne für den Tag sind. Aber mit dir war das nicht nötig. Ich habe darauf vertraut, dass du genau weißt, wohin du gehst und was wir den ganzen Tag über vorhaben. Das hat sich gut angefühlt. Ich bin gern mit dir zusammen, Colt. Ich habe eine Frage, und ich hoffe, dass du sie ehrlich beantwortest.«

»Natürlich werde ich das«, entgegnete Colt sofort.

»Macht dir der Altersunterschied zwischen uns etwas aus? Oder die Tatsache, dass ich Fords Schwester bin? Ich weiß, dass er dir wegen der Nacht nach der Hochzeit Ärger gemacht hat. Ich habe ihm nichts davon erzählt, weil ich dachte, dass du mich nur als Freundin oder so was siehst. Aber nun, da die Dinge zwischen uns ... besser stehen, mache ich mir Gedanken darüber, dass ich fast zehn Jahre jünger bin als du.«

»Das macht mir überhaupt nichts aus«, versicherte Colt ihr. »Tatsächlich habe ich nicht mal darüber nachgedacht, bis du es angesprochen hast. Macht es *dir* etwas aus?«

»Nein«, entgegnete sie augenblicklich. »Aber ich möchte nicht, dass du deswegen Schwierigkeiten bekommst oder dass bei der Arbeit irgendjemand etwas sagt, weil ich erst fünfunddreißig bin und du schon dreiundvierzig.«

»Hör mir zu«, erklärte Colt ernst. »Wir sind beide erwachsen. Ich mag dich und du magst mich. Es ist mir wirklich scheißegal, was die Leute über uns sagen. Und falls es *dir* etwas ausmacht, werde ich mein Bestes geben, um dafür zu sorgen, das gleich im Keim zu ersticken, falls irgendjemand etwas sagt. Was zwischen uns ist, geht nur uns etwas an. Sonst niemanden. Außerdem haben Truck und ich uns unterhalten. Er liebt dich, Mace. Auch wenn ihr euch schon lange nicht mehr gesprochen habt, hat er dich nie vergessen und sich die ganzen Jahre über Gedanken um dich gemacht. Ich muss zugeben, dass er anfangs alles andere als glücklich darüber war, dass ich Interesse an dir habe, aber um ehrlich zu sein, ist es ganz egal, *wer* Interesse an dir hat, es wird ihm nie gefallen, einfach aufgrund der Tatsache, dass du seine kleine Schwester bist.«

»Okay«, sagte sie.

»Okay?«, entgegnete er.

»Ja.«

»Gut.«

»Äh ... also, ein Anliegen hätte ich noch«, erklärte Macie.

»Alles, was du willst.«

»Würdest du mich noch mal küssen?«

Colt lächelte. »Auf jeden Fall.«

Er beugte sich vor und nahm ihre Lippen mit seinen in

Besitz, froh, dass sie allein waren und er sich keine Sorgen machen musste, dass jemand sie ansah und etwas sagte, das Macie unangenehm wäre – oder seinen harten Schwanz bemerkte.

Er zog Macie auf seinen Schoß, sodass sie auf ihm saß, und begann damit, sie davon zu überzeugen, dass er hundertprozentig hinter dieser Sache stand. Dass es ihm egal war, wie alt sie waren, was ihr Bruder dachte oder was ihr sonst noch als Hindernis für ihre Beziehung durch den Kopf ging.

In der Nacht von Trucks und Marys Hochzeit hatte es zwischen ihnen gefunkt, aber als sie ihn völlig verängstigt anrief und er ihr helfen konnte, sich zu sammeln und einen Ort zu finden, an dem sie sich verstecken konnte, war zwischen ihnen etwas Tieferes geschehen. Etwas auf einer wesentlich ursprünglicheren Ebene.

Sie gehörte ihm. Damit er sie beschützte. Damit er sie tröstete. Damit er sie glücklich machte. Er hoffte, dass sie ihn irgendwann als das sehen würde ... zumindest als jemanden, auf den sie sich stützen und auf den sie sich verlassen konnte. Aber der Soldat in ihm, der Mann, wollte sie auf eine Weise, wie er nie zuvor jemanden gewollt hatte.

Ehe er sich versah, rieb Macie ihre Muschi an seinem Schwanz, und er hielt ihre Hüften fest und half ihr dabei, sich an ihm zu reiben, während sie sich küssten. Sie hatte mit den Händen sein Hemd hochgeschoben und streichelte seinen nackten Bauch und seinen Oberkörper. Sie zögerte kein bisschen, und Colt gefiel das.

Er hörte lange genug auf, sie zu küssen, um sich zu vergewissern, dass sie dem, was geschah, voll zustimmte.

»Bist du dir sicher?« Er konnte die Worte gerade so hervorstoßen.

»Ob ich mir sicher bin, dass ich Sex haben möchte? Ja! Bitte.«

Als er ihre enthusiastische Antwort hörte, grinste er und stöhnte dann, als sie sich vorbeugte und ihre Nase in der Haut zwischen seiner Schulter und seinem Hals rieb.

»Verhütung?«, presste er hervor und wollte sich versichern, dass sie alles unter Kontrolle hatten, bevor die Dinge zu weit gingen. Er hatte bisher nicht bemerkt, dass sie die Pille nahm, doch das bedeutete noch längst nicht, dass sie nicht auf irgendeine andere Art verhütete.

Sie erstarrte und richtete sich auf. Colt fühlte die Wärme zwischen ihren Beinen und fantasierte, das Ganze noch einmal zu machen, aber diesmal, wenn sie beide nackt waren.

»Ich ... ich verhüte nicht«, erklärte sie ihm einen Augenblick später.

»Ich habe Kondome«, versicherte er ihr augenblicklich. »Ich bin gesund und habe seit über einem Jahr mit niemandem mehr geschlafen, aber ich werde dich schützen, Macie, dessen kannst du dir sicher sein.«

»Ich bin ebenfalls gesund«, erklärte sie und errötete dabei. »Ich habe nicht mit Teddy geschlafen, also musst du dir deswegen keine Gedanken machen.«

»Ich habe mir auch keine Gedanken darüber gemacht«, beruhigte Colt sie, obwohl das nicht ganz stimmte. Er machte sich weniger Gedanken um sich selbst als um sie. Teddy war ganz offensichtlich kein guter Mann und alles, was er ihr über sein Sexualleben erzählt hatte, entsprach wahrscheinlich nicht der Wahrheit, deswegen freute er sich um ihretwillen, dass sie nicht mit ihm geschlafen hatte.

»Bei mir ist es mittlerweile ungefähr vier Jahre her«, platzte Macie heraus. »Es ist eben ... schwer, einen Freund zu haben, wenn man Panikanfälle hat, und Sex zu haben ist sogar noch schwerer. Also habe ich einfach mit beidem aufgehört. Schließlich hatte ich meinen Vibrator und ...« Sie unterbrach sich selbst mit einem Stöhnen und hielt sich die Hand vor den Mund. »Oh, Mist. Kannst du so tun, als hätte ich das nicht gesagt?«

Ihm gefiel der Gedanke, dass sie es sich selbst besorgte, aber da er sie nicht in Verlegenheit bringen wollte, ging Colt nicht weiter darauf ein. »Hast du Bedenken, was uns betrifft?«, wollte er wissen. »Wenn du möchtest, können wir warten. Wir müssen nichts tun, was wir bis jetzt noch nicht getan haben. Ich möchte auf keinen Fall der Grund dafür sein, dass du Panik bekommst. Niemals.«

Macie schüttelte sofort den Kopf. »Nein!«, schrie sie fast und ihre Wangen röteten sich nur noch mehr. »Ich meine nein, so ist es mit dir nicht. Das Ganze fühlt sich richtig an. Gut. Ich will nicht aufhören.«

»Ich will auch nicht aufhören«, versicherte Colt ihr. »Aber wenn du zu irgendeinem Zeitpunkt möchtest, dass ich langsamer mache, oder du brauchst eine Pause, sag mir Bescheid. Ich werde weder verärgert noch wütend sein.«

»Und ich werde nicht um eine Pause bitten. Aber okay.«

Er grinste sie an und legte seine Hände dann wieder auf ihre Hüften. »Also ... wo waren wir stehen geblieben?«

»Du wolltest mich gerade ins Schlafzimmer bringen und mich dort lieben«, erklärte Macie lächelnd.

Und damit half Colt Macie von seinem Schoß und stand auf. Dann beugte er sich vor und hob sie mit einem Arm unter ihrem Rücken und einem unter ihren Knien auf, so wie er sie über den Parkplatz ihres Apartmentgebäudes getragen hatte. Er betrat das Schlafzimmer und setzte sie auf das riesigen Doppelbett – und starrte sie einen langen Moment nur an.

»Was ist?«

»Du bist wunderschön«, stellte er ehrfürchtig fest.

Sie schüttelte den Kopf.

»Doch, bist du«, beharrte Colt. »Dein Haar hat einen schönen Braunton, der mich an ein Vollblut erinnert. Deine Augen sind wie dunkles Mahagoni, das so viele Geheimnisse birgt, dass ich jedes einzelne davon kennenlernen möchte. Du hast die perfekte Größe für mich ... nicht zu klein und nicht zu groß.«

»Ich bin zu fett.«

»Nein«, entgegnete er, »du bist perfekt. Das kannst du mir glauben.«

Macie biss sich auf die Lippe und nickte.

Colt wusste, dass sie ihm nicht wirklich glaubte, aber er hatte viel Zeit, um sie davon zu überzeugen, dass er hundertprozentig ehrlich war. Vorerst würde er sie mit Lust ablenken.

Er griff nach unten und zog sein Hemd hoch und über den Kopf, wobei es ihm gefiel, dass Macie seinen Körper unverwandt ansah. Damit sie sich wohlfühlte, öffnete er den Knopf und den Reißverschluss seiner Jeans und schob sie sich langsam die Beine hinunter. Als Nächstes zog er seine Socken aus, und dann stand er vor ihr mit nichts an außer seiner Unterwäsche. Boxershorts, die sein Verlangen nach ihr in keiner Weise verbargen. Er konnte spüren, wie sein Schwanz vor Verlangen nach der Frau vor ihm pulsierte.

»Jetzt bist du dran«, sagte er leise, ohne auf sie zuzugehen.

Macie schaute zu ihm auf und öffnete dann, ohne den Blickkontakt zu unterbrechen, nacheinander die Knöpfe ihrer hellblauen Bluse. Er blickte nach unten, als sie ihr Hemd auszog, und starrte die Pracht an, die sie für ihn enthüllt hatte.

Ihre Brüste waren noch immer von ihrem BH bedeckt,

aber ihm lief das Wasser im Mund zusammen bei dem Gedanken, daran zu saugen. Der BH war ein Ding mit viel Spitze, das ihre Brust in Szene setzte, anstatt sie zu verstecken. Bei jedem Atemzug sahen ihre Brüste aus, als würden sie herausspringen und über die Körbchen quellen.

Colt sah zu, wie sie schnell ihre Jeans aufknöpfte und ihre Hüften anhob, um sie nach unten zu schieben. Sie warf sie zur Seite und er bemerkte kaum, wie sie in einem Haufen auf dem Boden neben dem Bett landete. Er war von ihrem Anblick fasziniert.

Ihre Beine schienen ellenlang zu sein, aber er konnte seine Augen nicht von dem leichten Stückchen Spitze zwischen ihren Oberschenkeln abwenden. Er konnte ihre Erregung praktisch riechen und sie steigerte seine eigene Erregung um das Zehnfache.

Er machte einen Schritt auf das Bett zu und dankte seinen Glückssternen, dass sie ihm gehörte. Und nicht nur für heute Abend, wenn er dazu etwas zu sagen hatte. Sie gehörte *ihm*. Für immer.

Langsam schob er ein Knie auf die Matratze neben ihr und sie lächelte sogar, als sie rüber rutschte, um ihm auf der riesigen Matratze Platz zu machen. Colt zögerte nicht; er bewegte ein Bein über ihren Körper, bis er über ihr kniete, und dann senkte er sich auf sie herab. Er stützte sein Gewicht auf seine Ellbogen und seufzte in Ekstase, als sie sich von den Hüften bis zur Brust berührten. Sein Schwanz war hart zwischen ihren Beinen, aber er wollte seine Reaktion nicht vor ihr verbergen.

»Hey«, sagte er, als sie einander in die Augen sahen.

»Hey«, erwiderte sie mit einem kleinen Lächeln.

Er spürte, wie sie ihre Hände seitlich an seinem Körper hinaufgleiten ließ, bis sie auf seinem Rücken liegen blieben.

»Bist du bereit? Bereit für uns?«

»Ich fühle mich, als hätte ich schon mein ganzes Leben lang darauf gewartet.«

Es war die perfekte Antwort. Colt lächelte und küsste sie. Sie knutschten mehrere Minuten lang herum, langsame, lange Zungenbewegungen, spielerisch und leicht. Dann änderte sich der Kuss. Er wurde dringlicher. Er fühlte, wie sie mit den Händen seinen Rücken umklammerte, als sie ihre Hüften an ihn drückte.

Er löste sich von ihrem Mund und bewegte sich ihren Körper hinunter. Er legte seine Fingerspitzen auf den Rand der Körbchen ihres BHs und sah auf. »Darf ich?«

Macie nickte eifrig.

Langsam und vorsichtig zog Colt ihren BH herunter, bis ihre Titten heraussprangen. Beim Anblick ihrer erigierten kleinen Brustwarzen atmete er tief ein. Sie war wirklich reichlich ausgestattet, was ihre Brust betraf, und als er sah, wie erregt sie war, legte das einen Schalter in ihm um.

Er konnte nicht mehr sanft sein.

Er hatte sich so sehr bemüht, ein rücksichtsvoller und sanfter Liebhaber zu sein, dass er sie in keiner Weise erschreckte, aber in dem Moment, in dem er die Anzeichen ihrer Erregung sah, verlor er die Kontrolle.

Er senkte seinen Mund auf eine Brustwarze, als trüge sie das Elixier des Lebens in sich. Colt leckte und neckte sie auch nicht einfach nur – er saugte hart an ihrer Brustwarze und schob sie dabei mit seiner Zunge bis zum Gaumen hoch. Als er nach ihrer anderen Brustwarze griff, zwickte er sie mit seinen Fingern, wodurch sie noch härter wurde.

Sie wand sich unter ihm, wölbte den Rücken, um tiefer zu dringen, und stöhnte. Colt liebte es, wie sensibel sie war, und bearbeitete ihre Brüste weiter. Er konnte nicht genug bekommen. Er drückte sie zusammen und wechselte ab, saugte erst an einer Brustwarze, dann an der anderen.

»Zieh ihn aus«, murmelte er, während er sie weiter bearbeitete.

»Was meinst du?«, fragte sie benommen.

»Deinen BH. Zieh ihn aus«, befahl er ihr.

»Oh!«

Und damit drückte sie den Rücken sogar noch mehr durch – was Colt voll ausnutzte – und griff unter sich, um den BH zu öffnen.

Kaum hatte sie ihre Brüste befreit, nahm er sie in seine Hände und drückte sie zusammen. »Verdammt noch mal. Wunderschön.« Colt wusste durchaus, dass er nicht in zusammenhängenden Sätzen sprach, aber zu mehr war er momentan einfach nicht in der Lage.

Es dauerte mehrere Sekunden, bis er bemerkte, dass Macie versuchte, ihm die Unterwäsche abzustreifen. Er wollte sie aufhalten. Ihr sagen, dass er sich kaum noch beherrschen konnte, und wenn sie ihm die Unterhose auszog, würde er wahrscheinlich explodieren.

Doch dann sah sie zu ihm hoch, ihre Pupillen vor Verlangen geweitet, und bat: »Ich will dich in mir spüren.«

Und damit war es um ihn geschehen. Er konnte ihr nichts mehr abschlagen. Er war ein toter Mann. Wenn sie jemals bemerkte, welche Macht sie über ihn hatte, steckte er tief im Schlamassel.

Colt rollte auf den Rücken, streifte sich die Unterwäsche über die Oberschenkel und verzog das Gesicht, als sein Schwanz hervorsprang. Er spürte, wie sie sich neben ihm bewegte, und sah hinüber zu Macie. Sie hatte es ihm nachgemacht und lag jetzt nackt wie an dem Tag, an dem Gott sie geschaffen hatte, neben ihm und lächelte ihn an.

Unglaublich schnell nahm Colt seine Position über ihr wieder ein und diesmal berührte sein Schwanz die Locken zwischen ihren Beinen.

»Fick mich«, wiederholte sie und hob ihre Hüften einladend an.

Colt wusste, dass er keine Kontrolle hatte, und wollte sichergehen, dass Macie aalglatt und bereit für ihn war, also senkte er sich auf ihren Körper und küsste sie von ihrer Brust über ihre Titten bis zu ihrem Bauchnabel und darüber hinaus.

Macie zerrte an ihm. »Colt. Bitte!«

»Ich werde dich ficken, Macie. Darauf kannst du dich verlassen. Aber erst möchte ich dich schmecken. Ich bringe dich erst mal mit meinem Mund und meinen Fingern zum Orgasmus. Und dann, wenn du erschöpft und befriedigt bist, stecke ich meinen Schwanz in dich und werde dich lieben. Du wirst nicht mehr wissen, wo du aufhörst und ich anfange ... Und dann bringe ich dich noch mal zum Orgasmus. Und *dann,* wenn du fast besinnungslos vor Verlangen bist, werde ich dich ficken. Ist das so in Ordnung für dich?«

Colt wusste nicht, wo diese Worte plötzlich herkamen. Er hatte im Bett noch nie viel geredet. Er wollte normalerweise nur zur Sache kommen und sich seine Befriedigung verschaffen. Doch bei diesem ersten Mal mit Macie wollte er jede Sekunde genießen. Er wollte, dass sie genauso besinnungslos vor Verlangen war, wie *er* es sein würde.

»Äh ... ja, Colt. Das ist in Ordnung für mich. Dann werde ich jetzt einfach hier liegen und dich ... du weißt schon ... dein Ding machen lassen.«

»Danke«, sagte er und musste lächeln. Verdammt, war sie süß. Dann senkte er den Kopf und machte sein Ding.

Macie zitterte, als der Orgasmus sie durchfuhr. Colt hatte genau das getan, was er gesagt hatte. Er hatte es ihr mit dem Mund besorgt und sie zum Orgasmus gebracht. Oh, seine Finger waren auch beteiligt, aber hauptsächlich war es die Art und Weise, wie sich seine Zunge um ihre Klitoris wand und wie er an dem empfindlichen Nervenbündel saugte, was dafür verantwortlich war, dass sie gekommen war.

Sie hatte Oralsex nie wirklich genossen, denn sie machte sich immer Sorgen darüber, wie sie roch, wie sie schmeckte und ob der Typ wollte, dass sie sich revanchierte. Aber bei Colt konnte sie an nichts anderes denken als daran, wie gut sie sich durch ihn fühlte.

Und zum ersten Mal überhaupt wollte sie den Gefallen erwidern. Sie konnte es kaum erwarten, seinen Schwanz in den Mund zu bekommen. Sie hatte einen flüchtigen Blick auf seinen Schwanz erhascht, als er seine Unterwäsche ausgezogen hatte, und das war schon ziemlich beeindruckend gewesen.

Bevor sie nach ihm greifen oder ihn wissen lassen konnte, dass sie ihn auch anfassen wollte, war er wieder über ihr. Sie liebte das Gefühl, wenn er auf ihr lag. Sie fühlte sich von ihm umhüllt, und sie fühlte sich dadurch sicher. Geliebt.

Er kniete sich hin, fasste an den Tisch neben dem Bett und griff nach einem Kondom. Sie sah erwartungsvoll zu, wie er es auf seinen Schwanz rollte. Sie hatte recht gehabt. Er war beeindruckend. Sie musste ein Geräusch tief in ihrer Kehle gemacht haben, denn er blickte sich zu ihr um und lächelte.

»Willst du es?«, fragte er.

»Ja«, erwiderte sie ohne Umschweife.

Er fasste seinen Schwanz mit einer Hand und schob die Knie hoch, wobei er ihre Beine weiter spreizte. Macie schaute nach unten und sah, wie seine Eichel gegen ihre

Schamlippen drückte. Sie hob ihre Hüften an und hieß ihn in ihrer Wärme willkommen.

Das Geräusch seines Stöhnens, als er sich langsam in ihren heißen, feuchten Körper drängte, war fast so befriedigend wie das Gefühl, ihn in sich zu spüren. Fast.

Macie schloss dabei die Augen, wölbte den Rücken und warf den Kopf zurück. Sie packte seinen Bizeps und saugte einen Atemzug durch ihre Nase ein. Sein Schwanz war groß und es war lange her, dass sie einen Mann gehabt hatte.

Als würde er verstehen, hielt Colt völlig still in ihr, sodass sie sich an ihn gewöhnen konnte. Sie hörte, wie er tröstende Worte murmelte, während sich ihr Körper entspannte.

»Besser?«, fragte er leise.

Macie nickte.

Er zog seinen Schaft ganz aus ihrem Körper heraus, drang dann langsam wieder in ihren Körper ein und durchstieß erneut ihre Falten. Dann tat er es wieder. Und noch einmal.

Sie war noch nie auf diese Weise geliebt worden. In der Vergangenheit hatten die Männer nur so lange auf sie eingehämmert, bis sie gekommen waren.

Aber jedes Mal, wenn Colt sich zurückzog, folgte ihre Hüfte, um ihn nicht zu verlieren. Dann drückte er seinen Schwanz wieder in sie hinein und sie fühlte sich wieder ganz.

Sie griff nach unten, packte seinen Hintern und grub ihre Fingernägel in seine empfindliche Haut, als er sich wieder zurückzog. »Colt«, stöhnte sie.

»Was?«, fragte er grinsend.

»Bleib in mir drin«, befahl sie ihm.

»Aber so bist du doch empfindsamer, oder nicht?«, fragte er.

Macie dachte darüber nach und nickte. »Ja. All meine Nervenenden erwachen zum Leben, jedes Mal, wenn du deinen Schwanz aus mir rausziehst, bevor du wieder in mich eindringst.«

»Genau«, murmelte er. »Für mich ist es genauso. Erst ist mein Schwanz ganz glücklich und warm, dann kalt und traurig und dann wieder glücklich und warm.«

Macie lachte leise und Colt stöhnte. »Verdammt, ich kann spüren, wie sich deine Muskeln um mich herum zusammenziehen, wenn du lachst.«

Daraufhin musste sie noch lauter lachen und sie legte ihm die Beine um seine Oberschenkel, damit er sich nicht bewegen konnte. »Hattest du nicht gesagt, du bringst mich langsam und sanft zum Orgasmus?«, beschwerte sie sich.

»Bist du dazu denn schon bereit?«, wollte er wissen. »Ich wollte dir ein bisschen Zeit geben, damit du dich erholen kannst.«

»Ich habe mich schon erholt«, versicherte sie ihm.

Anstatt sein Tempo zu beschleunigen, drückte Colt seinen Schwanz ganz in sie hinein, setzte sich dann auf und zog ihren Hintern auf seine Oberschenkel. Ihr Becken war nach oben geneigt und sie lag auf ihren Schulterblättern. Sie wollte gerade fragen, was er da tat, als sein Daumen auf ihrer Klitoris landete und er sie zu streicheln begann, langsam und sanft.

Macie wand sich, wollte mehr, aber irgendwie auch weniger, und keuchte: »Was machst du da?«

»Ich verwöhne dich. Ich sorge dafür, dass du an meinem Schwanz zum Orgasmus kommst.«

Unerbittlich streichelte er sie mit seinem Daumen. So sehr sie sich auch wand, es gab kein Entkommen. Sie spürte seinen Schwanz voll und hart in sich und ihr Körper verkrampfte sich um ihn herum, während sie sich weiter und immer weiter dem Orgasmus näherte.

»Verdammt, Süße. Deine Muskeln halten mich *so* fest. Es fühlt sich so verdammt gut an. Du musst jetzt zum Orgasmus kommen, sonst halte ich nicht mehr durch.«

Sie hörte seine Worte kaum. Macie hatte immer gedacht, ein Mann müsste ihre Klitoris schnell und hart anfassen, um sie zum Orgasmus zu bringen, aber Colt bewies ihr das Gegenteil. Der Orgasmus nahm langsam, aber stetig zu, bis Macie wusste, dass sie kurz davor war zu explodieren. Sie spreizte ihre Beine, so weit sie konnte, als ihre Schenkel zu zittern begannen. Ihr Bauch zog sich zusammen und sie krümmte ihre Zehen.

»So ist es richtig, Mace. Komm für mich zum Orgasmus.«

Und das tat sie.

Sie dachte, sie könnte für einen Moment ohnmächtig geworden sein, denn als ihr wieder bewusst wurde, wo sie sich befand, lag ihr Hintern wieder auf der Matratze und Colt beugte sich erneut über sie. Er war immer noch in ihr drin, so hart wie eh und je.

»Und jetzt werde ich dich ficken«, erklärte er schroff. »Und zwar *heftig*. Bist du bereit?«

Macie nickte. Sie war bereit für was auch immer er mit ihr machen wollte. Sie gehörte ihm. Ganz und gar.

Seine Hüften begannen, sich zu bewegen, und er stieß immer wieder mit seinem Schwanz zu. Schweiß stand ihm auf der Stirn, als er gegen die Reaktion seines Körpers ankämpfte. »Lange halte ich das nicht mehr durch«, erklärte er ihr. »Dabei zuzusehen, wie du einen Orgasmus hast und dabei meinen Namen rufst, zu spüren, wie erregt du bist ... das war einfach zu viel. Fühlt sich das gut an?«

Macie nickte.

»Berühre dich selbst«, befahl er ihr. »Bring dich selbst zum Orgasmus.«

»Das kann ich nicht«, protestierte sie, obwohl sich ihre Hüften fast wie automatisch seinen Stößen entgegenhoben.

»Versuch es«, ächzte er. »*Bitte*. Ich möchte spüren, wie du meinen Schwanz melkst.«

Da sie ihm nichts abschlagen konnte, griff Macie mit der Hand zwischen ihren beiden Körpern nach unten und berührte mit dem Finger ihre geschwollene Klitoris. Und zuckte zusammen. Sie war immer noch so sensibel. Und obwohl es ein kleines bisschen wehtat, tat sie, was Colt verlangt hatte. Sie wollte ihm gefallen. Wollte ihn dazu zwingen, gemeinsam mit ihr zu explodieren.

Es dauerte nicht lange. Innerhalb einer Minute spürte Macie, dass sie kurz davor stand, zum Orgasmus zu kommen. »Ich bin schon wieder fast so weit«, warnte sie ihn.

»Ich weiß«, erwiderte er. »Tu es! Komm, verdammt noch mal.«

Es dauerte noch etwa zehn Sekunden, aber dann war sie so weit. Nur wenige Augenblicke, nachdem sie angefangen hatte, von der intensiven Befreiung zu zittern und zu beben, warf Colt den Kopf in den Nacken und erbebte ebenfalls. Die Muskeln in seinen Armen neben ihr zitterten, als er kam, und sein Brustkorb wölbte sich mit seinen schweren Atemzügen. Es war Ehrfurcht gebietend und unglaublich heiß.

Als hätte man ihm einen Stecker gezogen, entspannte Colt sich plötzlich. Er ließ sich fallen, rollte sich auf den Rücken und nahm Macie mit. Sie lag nun auf ihm, sein Schwanz wurde langsam weicher in ihr. Eine lange Zeit sagten sie nichts, bis er aus ihr herausrutschte.

Macie wimmerte etwas aus Protest; es hatte ihr gefallen,

wie er sich angefühlt hatte. Wie sie miteinander verbunden waren.

»Ich weiß«, flüsterte er. »Ich bin auch gern in dir drin.«

Macie wusste, dass er aufstehen und sich um das Kondom kümmern musste. Es war sicher unangenehm, jetzt, da sie fertig waren, aber er machte keine Anstalten, das Bett zu verlassen.

»Weißt du, dass ich jeden Morgen mit einer kurzen Panik aufwache, weil ich denke, dass du mitten in der Nacht gegangen bist?«, gab Colt leise zu.

Macie fühlte sich deswegen schrecklich. »Es tut mir so leid.«

»Das muss es nicht. Versprich mir nur, dass du nie wieder mein Bett verlässt, ohne es mir vorher zu sagen. Wenn du nur kurz aufstehst, um mitten in der Nacht pinkeln zu gehen, ist das in Ordnung, aber wenn du nicht schlafen kannst und stattdessen lesen oder arbeiten willst, weck mich auf und lass es mich wissen. Ich finde es nämlich ausgesprochen schlimm, aufzuwachen und festzustellen, dass du nicht da bist, Mace. Und nach heute Nacht ist es sicher noch schlimmer.«

»Ich verspreche es.« Und es würde ihr leichtfallen, dieses Versprechen zu halten.

»Und ich verspreche es auch. Es ist nämlich wahrscheinlicher, dass ich derjenige bin, der das Bett verlässt«, erklärte er. »Wir werden manchmal mitten in der Nacht wegen eines Einsatzes auf den Stützpunkt gerufen und ich muss jedes Mal dabei sein und meine Männer überwachen, aber ich werde nie gehen, ohne mich zu verabschieden. Das verspreche ich dir.«

»Vielen Dank.« Macie konnte nicht mehr erwidern, da sie einen Kloß im Hals hatte.

Dann rollte Colt sie beide noch einmal herum und

küsste sie. Es war ein langer, träger Kuss, der sich gemütlich und unbeschwert anfühlte. Sie war von ihren drei Orgasmen erschöpft und gerade dabei einzuschlafen, als er von ihr abrückte.

Er lächelte auf sie herab und küsste sie dann auf die Stirn. »Schlaf nur, meine Süße. Ich komme gleich wieder. Ich muss mich nur kurz um das Kondom kümmern.«

Macie sah zu, wie Colt aus dem Bett kletterte und splitternackt zur Toilette ging. Er schien nicht im Geringsten besorgt darüber zu sein, dass er keine Kleidung trug. Warum sollte er auch? Für einen Dreiundvierzigjährigen war er in ausgezeichneter Verfassung. Er hatte zwar keinen Waschbrettbauch mehr, aber seine Muskeln waren klar definiert und sein Hintern war zum Sterben schön.

Macie lächelte vor sich hin und schloss die Augen. Bald fühlte sie, wie die Matratze zusammengedrückt wurde, und Colt nahm sie in die Arme. Er deckte sie mit einer Decke zu und küsste ihre Schläfe. Das war das Letzte, woran Macie sich erinnerte, bevor sie in einen der besten Träume fiel, die sie seit sehr langer Zeit gehabt hatte.

KAPITEL ACHT

»Sie erklären uns hier also allen Ernstes, dass sie ihren Ex-Freund nicht finden können, genauso wenig wie die Männer, mit denen er verkehrt und bei denen es sich höchstwahrscheinlich um diejenigen handelt, die nicht einmal, sondern gleich zweimal in ihre Wohnung eingebrochen sind?«

Macie zuckte bei Colts kritischem Tonfall zusammen. Sie waren nach Lampasas gefahren, um ein paar weitere Klamotten aus ihrer Wohnung zu holen, und hatten beim Polizeirevier haltgemacht, um mit dem Beamten zu sprechen.

»Es ist nicht so einfach, wie es im Fernsehen aussieht«, versuchte der Mann, sich zu verteidigen.

Colt und der Kommissar lieferten sich mit Blicken ein Duell und Macie wechselte unbehaglich von einem Fuß auf den anderen. Sie hasste es, die Ursache für diesen Konflikt zu sein. Sie kannte den Polizisten nicht wirklich, aber er hatte fast einen Monat lang versucht, Teddy zu finden.

Es war kaum zu glauben, dass ein ganzer Monat vergangen war, seit sie ihren Bruder angerufen hatte, weil sie Hilfe brauchte. Ein Monat, seit sie bei Colt eingezogen war. Der glücklichste Monat ihres Lebens.

Oh, es gab viele Zeiten, in denen sie von ihrer Angst überwältigt wurde, aber irgendwie schienen die Dinge mit Colt an ihrer Seite einfacher zu sein. Weniger stressig. Wenn sie in den Supermarkt ging, machte sie sich weniger Sorgen, wenn die Leute sie anstarrten. Sie ging mehr in Restaurants, weil sie neben Colt sitzen konnte, und wenn etwas mit dem Essen oder dem Service nicht in Ordnung war, kümmerte er sich darum. Und als sie eine schwere Panikattacke hatte, nachdem einer ihrer Kunden die Webseite, an der sie tagelang gearbeitet hatte, hasste, war Colt da gewesen, um ihr den Rücken zu massieren und ihr zu versichern, dass ihre gesamte Karriere noch nicht vorbei war.

Es war schön, jemanden an ihrer Seite zu haben.

Nein, es war mehr als schön. Es war ein Wunder.

Und Macie hatte jeden Tag Todesangst, dass sie etwas tun oder sagen würde, um die Dinge zwischen ihnen beiden zu vermasseln, und dann würde sie wieder allein sein. Sie würde wieder in ihre Wohnung hier in Lampasas zurückziehen müssen und sich Sorgen machen, dass die Männer, die eingebrochen waren, noch nicht gefasst worden waren.

Nachdem er den Polizisten eine ganze Minute lang angestarrt hatte, sagte Colt schließlich: »Sie haben ja meine Kontaktinformationen für den Fall, dass sie sie finden.«

»Ich werde mich bei Mercedes melden, denn es ist ja ihr Fall«, erklärte der Beamte entschlossen.

Macie sah, wie Colts Kiefer sich anspannte.

Sie *hasste* Konfrontation. Das war eines der Dinge, die bei ihr sofort eine ausgewachsene Panikattacke auslösen konnten. »Vielen Dank«, sagte sie hastig und zog Colt am

Arm. »Darüber würde ich mich freuen. Ich bin mir sicher, Sie tun alles, um sie zu finden.«

Colt öffnete den Mund, um noch etwas zu sagen, doch nachdem er sie angesehen hatte, entschied er sich dann doch dagegen. Er nickte dem Polizisten zu, legte ihr einen Arm um die Taille und steuerte mit ihr auf den Ausgang zu.

Kaum waren sie außer Hörweite des Beamten, lehnte er sich zu ihr und fragte: »Alles in Ordnung?«

Macie nickte. Sie spürte, dass ihr Herz viel zu schnell schlug, aber sie atmete ein paarmal tief durch und versuchte, es zu kontrollieren.

Colt hielt die Tür für sie auf und seine Hand an ihrem Rücken fühlte sich gut an. Tröstlich. Seine Berührung erinnerte sie daran, wie sie in der Nacht zuvor miteinander geschlafen hatten. Sie war in seinem Bett auf den Knien gewesen und er hatte sie von hinten genommen. Er hatte ihren Rücken gestreichelt, genau wie er es jetzt tat.

Allein der Gedanke daran, dass Colt mit ihr geschlafen hatte, reichte aus, um Macie aus ihrer Abwärtsspirale herauszuholen. Er war ein erstaunlich großzügiger Liebhaber, der immer dafür sorgte, dass sie genauso viel Freude an ihrem Zusammensein hatte wie er.

Nachdem Colt sie in seinen Wrangler gesetzt hatte und auf der Fahrerseite eingestiegen war, drehte er sich um und sah sie an. »Ich werde mal sehen, was mein Team tun kann, um diesen Typen zu finden.«

Macie blinzelte. Sie war ganz versunken gewesen in die Gedanken an Colt und die letzte Nacht im Bett, und er dachte ganz offensichtlich an etwas völlig anderes.

»Du willst Ford und seine Freunde mit ins Spiel bringen?« Sie war sich nicht sicher, ob sie das wollte. Macie hatte keinerlei Zweifel daran, dass ihr Bruder Teddy wahrscheinlich ausfindig machen würde, war sich aber nicht sicher, dass er lange genug die Nerven behalten würde, um weitere Informationen von ihm zu bekommen. Ford war *stinksauer*. Unheimlich sauer, weil Teddy sie anscheinend als einfaches Ziel eingestuft hatte. Als jemanden, den er benutzen konnte, um seine Drogen oder was auch immer er in ihrer Wohnung gelassen hatte zu verstecken.

»Nein, nicht Truck. Er würde wahrscheinlich die Beherrschung verlieren und etwas Dummes tun, das seiner Karriere schaden könnte. Ich spreche von dem anderen Delta Team, das meinem Befehl untersteht.«

Macie nickte. Sie kannte die Männer nicht, über die er sprach, hatte aber schon von ihnen gehört.

»Weil Trigger und seine Männer keine Verbindung zu dir haben, wird es ihnen leichter fallen, sich um die Sache zu kümmern. Ich werde heute Abend mit ihm sprechen. Er soll Brain fragen, ob er etwas herausfinden kann.«

»Warum ausgerechnet Brain?«, wollte Macie wissen.

»Weil Brain ein hinterhältiger Mistkerl ist und klüger als alle, die ich in meinem Leben je kennengelernt habe. Der Mann hätte Hirnchirurg oder Atomphysiker werden können, aber er entschied sich stattdessen, sich bei der Armee zu verpflichten. Er kann auf Technologien zurückgreifen, die der Polizei nicht zur Verfügung stehen, um herauszufinden, ob Teddy überhaupt noch in der Gegend ist, und dann können die anderen diese Informationen nutzen, um ihn aufzuspüren.«

Macie biss sich auf die Lippe und starrte Colt an.

»Was ist?«, fragte er und streckte die Hand aus, um mit dem Daumen über ihre Lippen zu streifen.

»Ich ... ich möchte nicht, dass meinetwegen jemand in Schwierigkeiten gerät. Und schon gar nicht du oder deine Männer. Wenn seit dem Einbruch niemand mehr bei meiner Wohnung war und der Kriminalbeamte Teddy nicht finden kann, hat er vielleicht die Stadt verlassen.«

»Vielleicht«, stimmte Colt ihr zu. »Aber ich möchte das Risiko nicht eingehen, dass er sich einfach nur ruhig verhält und auf den perfekten Zeitpunkt wartet, um erneut gegen dich zuzuschlagen. Wir wissen immer noch nicht, was er gesucht hat. Vielleicht haben diese Einbrecher *tatsächlich* gefunden, was sie gesucht haben, als sie das zweite Mal in deine Wohnung eingebrochen sind und sie durchsucht haben, allerdings wissen wir das nicht mit Sicherheit. Und solange ich nicht hundertprozentig davon überzeugt bin, dass du in Sicherheit bist, gehe ich kein Risiko ein.«

Macie spürte, wie es ihr die Kehle zuschnürte, aber diesmal lag es nicht daran, dass sie am Rand einer Panikattacke stand. Niemand in ihrem ganzen Leben hatte sich jemals so viel Mühe gegeben, sich um sie zu kümmern wie Colt. Sicher, Ford hatte sein Bestes getan, um auf sie aufzupassen, als sie noch Kinder waren, aber diesmal war es etwas anderes. Und seltsamerweise gab ihr das Wissen um das, was Colt getan hatte, um an seinen Freund Gris heranzukommen, und wie heftig er ihn verteidigt hatte, ihr das Vertrauen in seine Fähigkeit, sie zu beschützen.

»Vielleicht sollten wir in meine Wohnung zurückkehren und noch mal alles durchgehen?«, schlug Macie vor.

Colt schüttelte den Kopf. »Nein. Nicht heute. Für dich war es für heute genug, und wenn wir schon beim ersten Mal nichts gefunden haben, werden wir beim zweiten Mal wahrscheinlich auch nichts finden.«

»Glaubst du, Teddy weiß, wo ich jetzt wohne?«, fragte Macie leise. Sie machte sich schon seit geraumer Zeit Sorgen darüber, deswegen machte es ihr auch überhaupt nichts aus, im Haus zu bleiben, wenn Colt jeden Tag zur

Arbeit ging. Er hatte eine Alarmanlage und das half ihr dabei, ruhig zu bleiben.

Colt sah sie lange an, bevor er schließlich nickte. »Ja, mein Schatz. Das halte ich für durchaus möglich. Wenn er schlau ist – und dafür halte ich ihn, denn ihm ist es gelungen, der Polizei all diese Zeit aus dem Weg zu gehen –, dann hat er bestimmt dafür gesorgt, dass jemand deine Wohnung beobachtet, und als Truck und die anderen hingefahren sind, um ein paar von deinen Sachen zu holen und nach dem Rechten zu sehen, hätte derjenige ihnen bis nach Killeen folgen können.«

Macie biss sich erneut auf die Lippe. Dann fragte sie: »Bringe ich dich in Gefahr?«

Und da lehnte Colt sich zu ihr rüber, legte ihr eine Hand in den Nacken und zog sie näher zu sich. Macie stützte sich mit einer Hand an der Mittelkonsole ab, versuchte aber nicht, sich von ihm loszumachen. »Mit diesem Idioten Teddy kann ich schon umgehen. Brain hat sein Vorstrafenregister aufgerufen und glaub mir, er macht mir keine Angst.«

»Aber ...«

»Kein Aber«, erklärte Colt mit Nachdruck und unterbrach sie, bevor sie überhaupt anfangen konnte zu protestieren. Er gab ihr schnell einen Kuss und lehnte sich dann ein wenig zurück, um ihr in die Augen zu sehen. »Es gefällt mir, dich in meinem Haus zu haben. In meinem Bett. Es gefällt mir, deinen Computer und deine Akten auf meinem Esstisch zu sehen. Ich mag *dich* einfach, Macie. Das Ganze ist keinerlei Strapaze für mich. Wenn es nach mir ginge, könntest du gleich bei mir wohnen bleiben, wenn das Ganze vorbei ist. Wenn du also glaubst, ich lasse zu, dass ein Idiot wie Theodore Dorentes dir wehtut, bist du verrückt.«

Ihr gefiel alles, was er gesagt hatte, aber eine Sache war ihr ganz besonders aufgefallen. »Du willst, dass ich bleibe?«

»Ja, Mace, ich will, dass du bleibst«, bestätigte er ihr.

Sie hätte ihm sagen sollen, dass er verrückt ist. Dass sie viel zu viele Probleme hatte, als dass man irgendwelche Voraussagen treffen konnte. Dass er ihr zwar dabei geholfen hatte, sich in letzter Zeit relativ normal zu fühlen, aber dass ihre Panikattacken immer ein Problem sein würden. Dass er als Kommandant jemanden an seiner Seite brauchte, der aufgeschlossen und sozial war, wie sie es nie wäre. Dass sie immer hinterfragte, was die wahren Motive der Menschen waren, wenn sie etwas taten.

Aber sie hielt den Mund. Sie wollte Colt mehr, als sie jemals zuvor etwas in ihrem Leben gewollt hatte, und wenn er einfach nicht wusste, wie kaputt sie wirklich war, würde sie es ihm auch nicht aufs Butterbrot schmieren.

»Ich mag dich genau so, wie du bist«, fügte er nach einem Moment hinzu, als könnte er genau sehen, worüber sie nachdachte. »Es wird immer Menschen geben, die uns missverstehen, aber solange wir miteinander glücklich sind, können sie mich mal.«

Sie wünschte, sie wäre so selbstbewusst wie Colt, aber sie nickte trotzdem zustimmend. Er lehnte sich vor und küsste sie erneut. »Bist du bereit, nach Hause zu fahren?«

Nach Hause. Ja, daran könnte sie sich definitiv gewöhnen. »Ja«, sagte sie einfach.

Und obwohl es ein merkwürdiger Tag gewesen war, einer, an dem Macie normalerweise an all den Gedanken in ihrem Kopf und ihren Unsicherheiten ertrunken wäre, war das keineswegs der Fall. Sie lächelte den ganzen Weg zurück nach Killeen.

Colt saß in seinem Büro, die Hände unter dem Kinn aufgestützt, und blickte über den Tisch die sieben Männer des zweiten Delta Force-Teams an, das er befehligte. Er hatte Trigger um ein Gespräch gebeten und ihm den Grund genannt, und kaum, dass er sich versah, war das ganze Team hier aufgetaucht.

»Bei allem Respekt«, erklärte Grover, »aber wenn jemand die Frau unseres Kommandanten bedroht, geht das uns *alle* etwas an, nicht nur Trigger.«

Und natürlich konnte Colt gegen diese Argumentation nichts einwenden. Und außerdem, je mehr Leute Macie beschützten, umso besser. Zumindest seiner Meinung nach. Also erklärte er kurz, was in dem Wohnhaus passiert war und wer Teddy war. Er erklärte auch, dass Macie in seinem Haus wohnte und dass er hoffte, sie würde für immer bei ihm einziehen, wenn er sie denn davon überzeugen konnte. Er erklärte seinen Männern auch, dass die Polizei von Lampasas nicht dazu in der Lage war, Teddy oder die Männer, die in Macies Wohnung eingebrochen waren, zu finden, und schließlich erwähnte er auch noch, dass Macie tagtäglich mit Angstzuständen zu kämpfen hatte.

Wie die guten Männer, die sie waren, sah keiner der Jungs bei dieser letzten Enthüllung auch nur im Geringsten verstört aus. Tatsächlich fragte Trigger: »Das ist auch damals auf der Hochzeit passiert, nicht wahr?«

»Ja«, erklärte Colt.

Lefty nickte. »Brain bemerkte, dass sie nicht gut aussah, und wollte sich um sie kümmern, als Sie ihm zuvorgekommen sind.«

Colt richtete seine Aufmerksamkeit auf Brain und sah den jüngeren Mann an.

Brain lächelte und hob seine Hände in einer versöhnlichen Geste. »Ich wusste, dass sie Trucks Schwester ist, und ich wollte mich nur davon überzeugen, dass es ihr gut geht. Mehr nicht.«

Colt nickte und versuchte, sich zu beruhigen. Brain hatte nicht vor, Macie anzumachen. Er war nur höflich, mehr nicht.

»Ja«, entgegnete er als Antwort auf Triggers Frage. »Die Hochzeit und der anschließende Empfang waren ziemlich schwer für sie. Das ist häufig so, wenn sie sich unter vielen Menschen befindet, also habe ich sie mit nach Hause genommen und dafür gesorgt, dass es ihr gut geht.«

Die Männer nickten alle. »Und was ist jetzt der Plan?«, wollte Oz wissen.

»Brain, ich möchte, dass du versuchst, so viel wie möglich über diesen Teddy herauszufinden. Zum Beispiel, wo er sich gern aufhält, wer sein Dealer ist und wo seine Freunde sich befinden.

Doc und Grover, wenn ihr ihre Wohnung im Auge behalten und feststellen könntet, ob dort jemand herumlungert, wäre ich euch dankbar. Wir wissen nicht, wer diese Arschlöcher waren, die in Macies Wohnung eingebrochen sind und sie bedroht haben, und mir gefällt der Gedanke überhaupt nicht, dass sie noch irgendwo dort draußen sind. Lucky und Oz, ich würde mich freuen, wenn ihr mein Viertel überwachen könntet. Es gibt keinerlei Anzeichen dafür, dass Teddy oder seine Freunde in Killeen sind, aber ich möchte keine Risiken eingehen. Wir wissen nicht genau, wonach Teddy gesucht hat, also könnte er versuchen, direkt an Macie heranzukommen.«

»Und was ist mit uns, Sir?«, fragte Trigger und deutete auf sich und Lefty.

»Wenn wir hier fertig sind, möchte ich, dass ihr mit zu mir kommt, und dann werde ich sie euch vorstellen.«

»Sir?«, fragte Lefty.

»Ich habe doch erzählt, dass sie unter Angstzuständen leidet. Sie muss euch schließlich alle kennenlernen. Sie muss sich mit euch anfreunden. Sie fühlt sich bei Truck und seinem Team bereits wohl, vor allem wegen der Tatsache, dass er ihr Bruder ist. Aber ich möchte auch, dass sie euch alle kennenlernt. Wenn es nach mir geht, wird sie noch verdammt lange da sein, und ich möchte auf keinen Fall, dass sie sich davor fürchtet, einen von euch zu sehen. Ich werde eure Hilfe im gesellschaftlichen Umfeld brauchen, damit sie ruhig bleibt. Ich werde nicht immer an ihrer Seite sein können und wenn sie weiß, dass ihr auch für sie da seid, dann können wir uns beide entspannen.«

»Abgemacht«, erwiderte Trigger sofort.

»Es ist ja nicht so, als hätte ich andere Pläne«, fügte auch Lefty hinzu. »Und ich würde sie wirklich gern kennenlernen.«

»Und was ist mit uns anderen?«, fragte Grover grinsend. »Schließlich möchte ich die Frau kennenlernen, die unseren Kommandanten um den kleinen Finger gewickelt hat.«

Colt stand auf, beugte sich über den Schreibtisch und starrte den Soldaten an. »Und wie sie das getan hat«, sagte er leise. »Und ich werde tun, was immer nötig ist, um sie zu beschützen. Denken Sie daran, Soldat.«

Grover nickte sofort. »Natürlich, Sir. Ich habe mir nichts dabei gedacht.«

Colt versuchte, seine Selbstbeherrschung wiederzuerlangen. Er wusste, dass Grover nicht hatte respektlos sein wollen, trotzdem fand er seinen Kommentar höchst unangebracht. »Sie ist verdammt intelligent«, erklärte er seinen Männern. »Wunderschön. Ideenreich. Und sie hat in ihrem Leben schon wahnsinnig viel mitgemacht. Sie macht sich große Gedanken darüber, was die Leute sagen. Sie geht ständig davon aus, dass sie über sie reden, auch wenn das gar nicht der Fall ist. Achtet also genau darauf, was ihr sagt, und zollt ihr immer Respekt, verstanden?«

Ein gemeinsamer Chor von: »Ja, Sir«, schallte durch den Raum.

»Gut«, erklärte Colt und nickte. »Sollte es irgendwelche Probleme geben, was auch immer es sein mag, ruft zuerst mich an und dann erst die Polizei. Ich erwarte nicht von euch, dass ihr sie mit eurem Leben schützt, das würde ein bisschen zu weit gehen, aber ich möchte, dass ihr sie genauso gut beschützt, wie ihr es für eure Frauen tun würdet.«

»Sir«, sagte Trigger, »das brauchen Sie uns nicht zu sagen. Wir haben zwar vielleicht keine Frauen wie jeder im Team von Ghost, aber das bedeutet nicht, dass wir Frauen nicht respektieren. Oder dass wir nicht irgendwann unsere eigenen haben möchten. Es ist ganz offensichtlich, dass Macie Ihnen wichtig ist, also ist sie uns auch wichtig. Sie ist genauso Teil dieses Teams, wie Sie es sind. Sie können darauf zählen, dass wir alles tun werden, um sie zu beschützen.«

Colt entspannte sich noch weiter. Ihm war gar nicht klar gewesen, dass er ihre Unterstützung so sehr gewollt und gebraucht hatte. »Vielen Dank. Wegtreten.«

Das Team verließ sein Büro und Colt holte tief Luft.

Er hatte ein schlechtes Gefühl bei der ganzen Angelegenheit. Es war zu viel Zeit vergangen, seit in Macies Wohnung eingebrochen worden war. Männer wie ihr Ex hatten nicht viel Geduld ... warum hatte er also nicht schon früher etwas versucht? Jeder Tag, der verging, war ein weiterer Tag, an dem seine Wut gären und wachsen konnte. Die Situation machte Colt unruhig, und wenn es möglich gewesen wäre, hätte er Macie jeden Tag mit zur Arbeit gebracht, nur um dafür zu sorgen, dass sie in Sicherheit war.

Das Einzige, was dafür sorgte, dass er nicht krank vor Sorge war, war das Wissen, dass Macie nicht die Art Frau war, die Risiken einging. Das war eines der eine Million und zwei Dinge, die er an ihr liebte. Er ging bei seiner Arbeit mit genügend Risiken und Gefahren um. Das Wissen, dass sie nicht die Absicht hatte, sein Haus zu verlassen, wenn er bei der Arbeit war, gab ihm ein besseres Gefühl bezüglich der Situation.

Er hatte ihr nicht befohlen, es nicht zu tun. Er hatte ihr nicht von seinem Verdacht über ihren Ex erzählt. Tatsächlich hatte sie es eines Nachts angesprochen, als sie zusammen im Bett lagen, erfüllt und entspannt, nachdem sie miteinander geschlafen hatten. Sie hatte ihm gesagt, dass sie sich in seinem Haus sicherer fühlte, wenn er bei der Arbeit war, weil Teddy immer noch nicht gefunden worden war. Sie hatte sich freiwillig bereit erklärt, tagsüber sicher hinter seinen verschlossenen Türen zu bleiben und nur hinauszugehen, wenn er bei ihr war.

Er hasste es, dass sie sich so fühlte, aber er hatte nicht mit ihr diskutiert. Nachdem sie herausgefunden hatten, wo Teddy war, und sie sich um ihn gekümmert hatten, konnte er hoffentlich gemeinsam mit ihr daran arbeiten, dass sie sich selbstbewusster fühlte, wenn sie alleine loszog.

Colonel Robinson atmete tief durch und machte sich dann wieder an die Arbeit.

Später an diesem Abend, nachdem er sich versichert hatte, dass es Macie gut ging, erzählte er ihr, dass Trigger und Lefty sie besuchen würden. Sie sah verunsichert aus, nickte aber.

»Sie gehören zu meinen Männern«, erklärte Colt ihr.

»Glaubst du, ich würde sie in dein Leben lassen, wenn ich befürchtete, dass sie irgendetwas tun oder sagen würden, um dir auch nur eine Sekunde mentaler Qualen zu verursachen?«

»Also, eigentlich nicht, aber ... das bedeutet nicht, dass ich nicht nervös bin, sie kennenzulernen.«

»Schatz, jeder einzelne meiner Männer würde genau das tun, was ich vor all den Jahren getan habe, wenn mir etwas zustoßen würde. Ich weiß aus tiefster Überzeugung, dass sie Himmel und Hölle in Bewegung setzen würden, um mich zu befreien, wenn ich von den Taliban gefangen genommen würde ... genau wie ich es für sie tun würde. Aber es ist mehr als das. Genauso wie dein Bruder alles tun würde, damit du in Sicherheit bist, würde ich dasselbe für ihn tun. Und für Mary. Und für Ghost und Rayne oder Casey und Beatle ... oder jeden von ihnen und ihre Frauen und Kinder. Das Band, das uns alle miteinander verbindet, geht tiefer als das zwischen Soldat und Kommandant. Es liegt an dem, was wir tun. Wie wir uns darauf verlassen, dass wir einander in den schwierigsten Situationen unseres Lebens gegenseitig Rückendeckung geben.«

Sie stand neben der Küche und Colt streckte die Hand aus und nahm Macie in die Arme, sodass sie einander von den Oberschenkeln bis zum Oberkörper berührten. Er legte ihr eine Hand ins Kreuz und vergrub die andere in ihrem Haar an ihrem Nacken. Dann legte er seine Stirn an ihre und sprach weiter: »Ich liebe dich, Macie. Und es ist fast beängstigend, wie sehr. Nun, da ich ein Leben mit dir kennengelernt habe, möchte ich nie wieder alleine sein. Jetzt, wo ich weiß, wie es sich anfühlt, wenn ich nach der Arbeit zu dir nach Hause komme, möchte ich nie wieder in ein leeres Haus kommen. Nun, da ich das Glück hatte, dich einen ganzen Monat lang jede Nacht im Arm zu halten, kann ich nicht mehr darauf verzichten. Und nun, da ich mit dir geschlafen habe, gespürt habe, wie du an meinem Schwanz zum Orgasmus gekommen bist, kann ich mir nicht vorstellen, jemals mit einer anderen Frau zusammen zu sein, solange ich lebe. Du bist die Richtige für mich. Ich bin Wachs in deinen Händen. Meine Männer wissen das – und sie werden alles tun, um dich zu beschützen, weil du ein Teil von mir bist.«

Und da weinte Macie bereits. Sie machte zwar kein Geräusch, doch Tränen strömten über ihre Wangen.

»Du hast keinen Grund, nervös zu sein, wenn du Trigger oder Lefty kennenlernst. Oder Oz, Doc, Brain, Grover und Lucky. Sie werden dich mit Respekt behandeln. Sie werden dich lieben. Sie werden in jeder Hinsicht deine Brüder sein. Sie werden dir Rücken-, Seiten- und Frontdeckung geben. Du kannst darauf vertrauen, dass sie für dich da sind, wenn du sie brauchst, ganz gleich, was das bedeutet. Irgendwann, wenn sie schließlich ihre Frauen gefunden haben, werden wir ebenfalls mit ihnen befreundet sein. Ich weiß nicht, was ihnen bevorsteht, wen sie finden werden, um sie zu vervollständigen, aber ich weiß, dass diese Frauen da draußen sind und warten. Und sie werden dich genauso lieben wie ich. Möchtest du wissen, woher ich das weiß?«

Sie antwortete darauf nicht mit Worten, sondern sah nur mit ihren wunderschönen braunen Augen voller Tränen zu ihm auf und nickte.

»Weil du du bist«, erklärte Colt. »Du bist rücksichtsvoll, freundlich, mitfühlend, bodenständig und so verdammt sympathisch, dass es für mich schwer zu verstehen ist, dass du es nicht selbst siehst.«

»Ich liebe dich auch«, sagte sie leise und Colt schloss die Augen, als er von seinen Emotionen übermannt wurde. Er wusste, wie schwer es für sie war, diese Worte auszusprechen, und er schwor sich auf der Stelle, sie niemals als selbstverständlich hinzunehmen.

Er öffnete seine Augen wieder. »Ich bin der glücklichste Mann der Welt«, erklärte er ihr, bevor er seine Daumen benutzte, um die Tränen auf ihren Wangen wegzuwischen. Dann beugte er sich vor und küsste sie. Es war ein langsamer Kuss, der anfangs zärtlich und süß war, aber als er sich zurückzog, war sein Schwanz hart und sie drückte sich eifrig an ihn.

»So gern ich dich auf den Tresen heben, deine Jeans herunterziehen und mein Gesicht in deiner köstlichen Muschi vergraben würde, wir haben keine Zeit. Trigger und Lefty werden gleich hier sein.«

»Verschieben wir es auf später?«, fragte sie mit einem kleinen Lächeln.

Colt grinste. »Verdammt, ja, auf jeden Fall. Möchtest du dich noch schnell frisch machen, bevor sie eintreffen?«

Sie nickte, löste sich jedoch nicht von ihm. »Colt?«

»Ja, mein Schatz?«

»Ich kann mir ein Leben ohne dich auch nicht mehr vorstellen.«

Er konnte einfach nicht umhin, sie noch einmal zu küssen. Nach einigen Momenten zwang er sich dazu, sie loszulassen, und machte einen Schritt zurück. »Ab nach oben mit dir, Weib.«

Sie kicherte und nickte, drehte sich dann um und ging in Richtung Treppe.

Colt sah ihr bei jedem Schritt zu. Er stand noch lange so da, nachdem sie verschwunden war, und fragte sich, wie in aller Welt er so viel Glück gehabt hatte.

KAPITEL NEUN

Eine Woche später saß Macie an Colts Esszimmertisch und arbeitete an ihrem Laptop. Während der letzten sieben Tage hatte sie nicht nur Trigger und Lefty getroffen, sondern auch die anderen Männer aus Colts zweitem Delta Force-Team.

Sie erinnerten sie in vielerlei Hinsicht an ihren Bruder. Sie waren lustig und höflich, aber sie hatten auch etwas an sich, was sie daran erinnerte, dass sie auch tödlich waren.

Die meisten der Männer waren etwa in ihrem Alter. Sie waren unterschiedlich groß und hatten unterschiedliche körperliche Merkmale, aber jeder Einzelne hatte einen eindringlichen Blick, der sie nervös gemacht hätte, wenn Colt nicht an ihrer Seite gewesen wäre. Aber schon gegen Ende ihres Besuches fühlte sie sich mit jedem Einzelnen von ihnen wohl. Sie konnte Colts Verbundenheit mit ihnen und ihre Verbundenheit mit dem kommandierenden Offizier vollkommen verstehen.

Es war seltsam für Macie, an Colt als Kommandanten zu denken. Für sie war er einfach nur Colt, aber es war offensichtlich, dass er bei seinen Männern großen Respekt genoss.

Als sie das Geräusch von ihrem Computer hörte, das eine neue E-Mail ankündigte, öffnete Macie das Programm und las sich die panische E-Mail einer ihrer früheren Kundinnen durch. Irgendwie war ihre Webseite zu Daten zurückgekehrt, die schon vor zwei Jahren gespeichert worden waren, und alles war nun veraltet.

»Verdammt«, murmelte Macie und machte sich daran herauszufinden, was passiert war. Nach dreißig Minuten lehnte sie sich niedergeschlagen zurück. Es hatte eine Aktualisierung der Plattform gegeben, die die Autorin benutzte, aber niemand hatte die Daten auf ihrer Webseite gesichert, da Macie die Arbeit vor zwei Jahren gemacht hatte. Macie war sich ziemlich sicher, dass sie das Problem beheben konnte, aber die Programmierung, die sie in der Vergangenheit vorgenommen hatte, befand sich auf einem älteren Sicherungslaufwerk in ihrer Wohnung in Lampasas.

Sie schickte eine Nachricht an die Autorin, in der sie ihr mitteilte, dass sie bereit wäre, an dem Notfall zu arbeiten, und in der sie ihr die Kosten nannte. Macie war vielleicht nicht gut im persönlichen Umgang mit Menschen, immer in Sorge darüber, was sie über sie dachten oder sagten, aber sie hatte im Laufe der Jahre gelernt, dass sie nicht um den heißen Brei herumreden konnte, wenn es um Geld ging.

Ihre Kunden schätzten es, im Voraus zu wissen, wie viel sie verlangte, und Macie schätzte es, rechtzeitig bezahlt zu werden.

Die Autorin schickte sofort eine E-Mail zurück und stimmte dem Preis für Macies Hilfe zu, bestand aber darauf, dass dies so schnell wie möglich geschehen müsste. Sie konnte nicht warten, denn in ein paar Tagen kam ein neues Buch heraus. Es war das dritte Buch einer neuen Serie, und so wie die Webseite jetzt aussah, waren die beiden anderen Bücher der Serie nicht darauf zu finden. Sie musste ihre Webseite reparieren lassen.

Es war eine kleine Katastrophe und Macie konnte es der Autorin nicht verübeln, dass sie verzweifelt war. Sie biss sich in den Daumen und überlegte sich ihre Optionen. Sie könnte die Webseite von Grund auf neu erstellen, aber das würde ewig dauern und die Autorin erheblich mehr kosten. Wenn sie die Arbeit, die sie bereits erledigt hatte, aus ihrer Wohnung holen könnte, bestünde die Chance, dass sie die Webseite bis heute Abend repariert und zum Laufen gebracht hätte.

Aber sie wollte *auf keinen Fall* auf eigene Faust nach Lampasas fahren. Sie war keine Idiotin. Besonders nicht, da weder Colt und sein Team noch die Polizei Teddy bisher gefunden hatten.

Macie fühlte, wie sich ihr Brustkorb zusammenzog, als sie überlegte, was sie tun sollte. Sie konnte der Autorin sagen, dass sie einfach warten müsste, aber das wäre nicht gut für ihren Ruf. Die Schriftstellerin könnte sie anderen gegenüber schlechtmachen, und ihr Ruf und ihr Geschäft konnten darunter leiden. Macie wusste, dass Colt heute beschäftigt war. Er hatte ihr erzählt, dass er sich heute mit anderen hochrangigen Offizieren auf dem Armeestützpunkt treffen wollte. Sie bereiteten eine neue Mission für Ford und sein Team vor, und Macie wollte Colt auf keinen Fall bitten, das für etwas abzubrechen, das kein Notfall war.

Nun, für die Autorin war es ein Notfall, aber das zählte nicht wirklich verglichen mit der Sicherheit ihres Bruders, wenn er für eine streng geheime Mission außer Landes geschickt wurde.

Macie dachte über Trigger und die anderen in seinem Team nach. Trigger hatte sie davon überzeugt, dass sie ihn jederzeit kontaktieren konnte, und er hatte seine Kontaktinformationen in ihr Telefon eingegeben.

Macie biss sich auf die Lippe und beschloss, darauf zu warten, dass Colt nach Hause kam. Er würde mit ihr zu ihrer Wohnung fahren und ihr die benötigte Festplatte holen. Sie konnte heute Abend einfach lange aufbleiben und die Webseite aktualisieren. Es wäre nicht das erste Mal, dass sie wegen der Arbeit nicht zum Schlafen kam.

Aber dann tauchte eine weitere E-Mail der Autorin auf. Sie hatte einen Newsletter, der an diesem Abend erscheinen sollte, und er enthielt einen Link zu ihrer Webseite, über den die Leute das neue Buch vorbestellen konnten, *und* ihre PR-Frau war im Urlaub und konnte die E-Mail nicht aktualisieren, bevor sie an buchstäblich Zehntausende von Lesern verschickt werden würde.

Der Druck auf Macies Brustkorb nahm zu. Sie musste noch heute diese Webseite aktualisieren. Und zwar so schnell wie möglich.

Ohne zu sehr darüber nachzudenken, was sie tat, nahm Macie ihr Telefon in die Hand und drückte auf Triggers Namen.

»Hallo?«

»Hi. Äh ... Trigger?«

»Macie? Was ist los? Geht es dir gut? Wo bist du?«

»Es geht mir gut«, versicherte sie ihm schnell. »Ich bin zu Hause ... äh ... bei Colt. Ich habe ein Problem ... äh ... und ich weiß, dass Colt zu tun hat. Ford ebenfalls. Ich würde dich ja nicht bitten, aber es ist wichtig.« Sie stotterte, aber Macie war stolz, dass es ihr überhaupt gelungen war, die Worte auszusprechen.

»Aber mit dir ist alles in Ordnung? Du bist nicht verletzt?«, hakte Trigger nach.

»Nein. Es geht mir gut.« Sie hörte, wie er erleichtert aufatmete.

»Okay. Was ist denn los? Wie kann ich dir helfen?«

»Wenn es nicht geht, kann ich das natürlich verstehen. Ich meine, du bist wahrscheinlich bei der Arbeit und es ist ja nicht so, als könntest du einfach gehen, wann du willst. Wäre das nicht sogar unerlaubte Abwesenheit? Abwesenheit ohne Genehmigung? Ich möchte nicht, dass du meinetwegen Schwierigkeiten bekommst ...«

»Macie. Was kann ich denn nun für dich tun?«, fragte Trigger mit einem Hauch Entnervtheit in der Stimme.

Macie schloss die Augen und sagte schnell: »Ich brauche etwas aus meiner Wohnung. Und ich möchte nicht alleine hinfahren, aber Colt und Ford sind beschäftigt. Ich brauche nur ungefähr zwei Sekunden, um die Wohnung zu betreten und es zu holen.«

»Was brauchst du denn? Kann ich dir auf meinem Weg zu Colts Haus irgendetwas mitbringen?«, fragte Trigger.

Es war nett von ihm zu fragen, aber das half ihr nicht wirklich weiter. Schnell erklärte sie ihm die Situation und beendete die Erklärung mit: »Es würde mir Stunden an Arbeit ersparen und meiner Kundin Hunderte von Dollars, wenn ich die Festplatte holen und dann die gespeicherten Daten benutzen kann.«

Trigger war so lange still, dass Macie sich nicht sicher war, ob er noch da war. »Trigger?«

»Ich gehe mal davon aus, dass du mich nicht alleine nach Lampasas fahren und die Festplatte für dich holen lässt?«, fragte er sie.

Macie seufzte. »Das würde ich schon, aber ich weiß ehrlich gesagt nicht, wo die Festplatte ist. Ich erinnere mich, dass ich ziemlich viele Sachen in meinen Schrank gepackt habe, aber da die Polizei da war und versucht hat herauszufinden, was durchsucht worden war, plus die beiden Männer, die alles durchsucht haben, könnte sie mittlerweile überall gelandet sein. Ich glaube nicht, dass du sie finden würdest, besonders da ich mich nicht mehr daran erinnere, wo sie überhaupt sein sollte.«

»Ich bin auf dem Weg zu dir. Verlasse *auf keinen Fall* das Haus, bevor ich da bin«, befahl Trigger.

»Natürlich nicht.«

»Ich brauche höchstens zehn Minuten.« Und damit legte er auf.

Macie seufzte und schaltete ihr Handy aus. Sie war nicht gerade begeistert, dass sie ihre Wohnung betreten musste. Die Wohnung machte ihr jetzt eine Gänsehaut, aber sie brauchte ihre alten Dateien.

Macie schob sich vom Tisch zurück – und erstarrte, als ihr etwas einfiel.

Wenn sie dauerhaft bei Colt einziehen würde, müsste sie sich keine Sorgen machen, dass sie Dinge bräuchte, die vielleicht noch in ihrer Wohnung sein könnten.

In der Sekunde, in der ihr dieser Gedanke in den Sinn kam, wurde ihr klar, wie sehr sie sich das wünschte.

Die Dinge zwischen ihr und Colt waren schnell vorangegangen, aber sie konnte nicht leugnen, dass es schon bei der Hochzeit ihres Bruders etwas zwischen ihnen gegeben hatte. Sie hätte auf keinen Fall bei ihm übernachtet, wenn sie es nicht gespürt hätte. Und sie hätte auch nie den Mut gehabt, ihm ihre Nummer zu hinterlassen. Es spielte keine Rolle, dass er sie nicht gesehen hatte; die Tatsache, dass der Funke einige Monate später immer noch da war, reichte Macie aus, um zu begreifen, dass er anders war als alle Männer, die sie bis dahin kennengelernt hatte.

Dann ließ sie die Schultern sinken.

Sie würde es in seiner Gegenwart nie zur Sprache bringen. Niemals. Sie war nicht mutig genug. Sie würde sich ihm nie aufdrängen. Sie führte einen ständigen Krieg in ihrem Kopf, dass die Dinge nicht so waren, wie sie es sich vorstellte. Und es würde sie umbringen, wenn sie den Umzug all ihrer Sachen in sein Haus erwähnte und Colt sein Veto dagegen einlegte.

Macie atmete tief durch und tat ihr Bestes, um ihre destruktive Denkweise zu unterbinden, bevor sie noch weiter ging. Sie wusste, dass sie als Lebensgefährtin nicht die beste Wahl war. Sie würde mehr nehmen, als sie geben konnte. Aber Colt hatte gesagt, dass er sie liebte, und sie hatte es ihm auch gesagt, und die Erde hatte nicht aufgehört, sich zu drehen.

Sie lief nach oben und zog sich Jeans und BH an, bevor sie wieder nach unten ging und ihren Arbeitsbereich aufräumte. Gerade als sie vom Warten fast verrückt wurde, hörte sie ein Klopfen. Ein Blick durch den Spion bestätigte, dass es Trigger war, und sie öffnete die Tür. »Ich bin bereit«, erklärte sie ihm.

Trigger war gut aussehend. Soweit sie es beurteilen konnte, war er ein paar Jahre älter als sie und sogar größer als Colt. Er hatte dunkles Haar und einen intensiven Ausdruck in seinen Augen. Macie nahm an, dass so manch einer einen Blick auf ihn warf und sich dann schnell verdünnisierte. Aber aufgrund von Colts kleiner Rede neulich Abend hatte Macie keine Angst vor ihm. Sie war auch nicht besonders beunruhigt darüber, was er von ihr hielt, hauptsächlich Colts wegen, aber auch wegen der freundlichen und offenen Art, mit der Trigger ihr begegnet war, als sie ihn zum ersten Mal getroffen hatte.

»Je schneller wir fahren, umso schneller sind wir wieder zurück«, sagte Trigger.

Macie betrachtete ihn und fragte: »Hältst du es für zu

gefährlich? Wenn du glaubst, dass es sicherer wäre, warte ich auf Colt. Ich möchte dich auf keinen Fall in Gefahr bringen.«

»Mit deinem Ex-Freund würde ich schon klarkommen«, erklärte Trigger mit einem Hauch von Abscheu in der Stimme. »Und ich hatte keine Hintergedanken bei meinem Kommentar. Ich weiß nur, dass du dich hier wohler fühlst als in deiner Wohnung. Und draußen ist es heute unglaublich heiß.«

Macie lächelte. In Texas war es fast immer heiß, aber heute war es selbst für texanische Verhältnisse kaum auszuhalten.

Sie schaltete den Alarm ein, indem sie den Code in das Kästchen an der Wand eingab, dann schloss und verriegelte sie die Tür. Sie folgte Trigger zu seinem Fahrzeug, einem eleganten schwarzen Porsche, und lächelte, als er ihr die Beifahrertür öffnete. Als sie unterwegs waren, erkundigte sie sich nach dem schnittigen Sportwagen.

Trigger zuckte ein wenig selbstbewusst mit den Schultern. »Ich bin alleinstehend und habe viel Geld gespart. Warum also nicht?«

»Er gefällt mir«, versicherte Macie ihm. »Habt ihr Jungs schon irgendetwas über Teddy oder die Einbrecher herausfinden können?«

Trigger seufzte und fuhr sich mit der Hand durchs Haar. »Nicht so viel, wie wir gern hätten. Brain hat ein paar Spuren verfolgt und wir haben sie an den Kriminalbeamten, der für den Fall verantwortlich ist, weitergegeben, aber entweder ist Teddy ein verdammter Glückspilz oder er bekommt Hilfe von jemandem, den wir noch nicht entdeckt haben.«

»Wahrscheinlich eher Letzteres. Ich meine, ich bin zwar im Umgang mit Leuten nicht besonders versiert, aber irgendetwas an ihm hat mich dazu veranlasst, ihm schneller zu vertrauen, als ich es normalerweise tun würde. Ich habe das Gefühl, er hat einen Haufen Leute hereingelegt.«

»Ich weiß, dass du recht hast«, erklärte Trigger. »Und du solltest kein schlechtes Gewissen haben, weil er dein Freund war. Manche Leute haben eben nur einfach mehr Charisma als andere und wenn er das dazu benutzt, ein Arschloch zu sein, ist es seine Schuld, nicht deine.«

Macie nickte, war aber nicht ganz überzeugt. Die restliche Fahrt über machte sie sich Gedanken darüber, warum Teddy ausgerechnet sie ausgewählt hatte. Sah sie so naiv aus? Sie versuchte, sich zu erinnern, wann sie ihm zum ersten Mal persönlich gegenübergestanden hatte, und konnte es nicht. Das sagte viel darüber aus, was sie wirklich für ihn empfand.

Sie konnte sich daran erinnern, wann sie Colt zum ersten Mal gesehen hatte. Es war in Fords Krankenzimmer gewesen, nachdem er bei dem Überfall auf Marys Bank verletzt worden war. Damals hatte sie die Chemie zwischen den beiden gespürt, aber es war erst bei Fords Hochzeit gewesen, dass sie wirklich auf ihn aufmerksam wurde. Er saß weiter vorne in der Kirche in seiner blauen Armeeuniform. Er hatte die ganze Zeit über ein leichtes Lächeln auf seinem Gesicht.

Macie erinnerte sich daran, dass er wie ein Mann aussah, auf den eine Frau zählen konnte.

Und sie hatte sich nicht geirrt.

»Wir sind da«, erklärte Trigger und riss sie damit aus ihren Gedanken. »Ich komme rum und öffne dir die Wagentür.«

Macie nickte und sah zu, wie er aus dem tiefgelegten Sportwagen ausstieg und vorne um das Fahrzeug herumging. Er streckte eine Hand aus, um ihr herauszuhelfen, und blieb direkt an ihrer Seite, als sie die Treppe zu ihrer Wohnung hinaufgingen.

Es war das erste Mal seit ein paar Wochen, dass sie sich wieder in ihrer eigenen Wohnung aufhielt. Die Wohnung roch ein wenig muffig. Sie rümpfte die Nase und drehte sich um, um Trigger anzulächeln und etwas darüber zu sagen, dass es besser gerochen hatte, als sie dort gewohnt hatte – aber die Worte blieben ihr im Hals stecken, als sie Teddy mit einem bösen Grinsen im Gesicht hinter ihm stehen sah.

Macie öffnete den Mund, um Trigger zu warnen, aber Teddy hatte bereits die Hand ausgestreckt und ihm die Zinken eines Elektroschockers in die Seite gedrückt.

Der Soldat öffnete erschreckt den Mund und fiel mit einem Schlag zuckend und stöhnend auf den Boden.

KAPITEL ZEHN

»Trigger!«, rief Macie und wich dann zurück, als Teddy in aller Seelenruhe über den auf dem Boden zuckenden Soldaten stieg.

»Du hast etwas, das mir gehört, Schlampe, und das möchte ich wiederhaben«, erklärte Teddy mit tödlichem Ernst.

Macie wich zurück, während Teddy weiterhin vorwärts marschierte.

»Habe ich nicht«, sagte sie und spürte schon wieder die ersten Anzeichen für eine komplette Panikattacke, die durch ihren Körper fuhren.

»Hast du sehr wohl. Wo ist diese blöde Schachtel mit deinen Erinnerungen, die du immer im Schrank hattest?«, wollte Teddy wissen.

Macie blinzelte überrascht. *Dort* hatte er etwas versteckt? Sie hatte nicht einmal in den ramponierten alten Schuhkarton geschaut, weil sie niemals auf die Idee gekommen wäre, dass jemand dort etwas versteckt haben könnte. Er war nicht im Geringsten gesichert und enthielt nur alberne, billige Erinnerungsstücke an ihr Leben. Jetzt, da sie wusste, dass Teddy dort versteckt hatte, was er sich so verzweifelt wünschte, ergab es natürlich einen Sinn.

Sie antwortete nicht schnell genug, also griff er nach vorne, legte ihr eine starke Hand um den Hals und drückte sie zusammen.

Macie hob sofort die Hände und zerrte an seinen Fingern, aber vergeblich.

Sie sah in das Gesicht, das sie einst für gut aussehend gehalten hatte, und fühlte nun vollkommene Angst. Seine blauen Augen waren vor Wut verengt und der Bart, den er sonst so pflegte, war buschig und zerzaust. Sie sah sogar etwas, das aussah wie ein Überbleibsel seiner letzten Mahlzeit, das in den Barthaaren steckte.

Sie blickte auf den Arm, an dem sie zerrte, versuchte weiter, sich loszureißen, und starrte auf die Tätowierung, die jetzt dort zu sehen war. Er hatte keine Tätowierungen gehabt, als er mit ihr zusammen war, aber die neue Tätowierung machte ihr Angst. Es war das Schwarz-Weiß-Motiv einer nackten Frau, deren Arme vor ihr zusammengebunden waren und aus deren Brust ein Messer ragte. Blut tropfte von dem Messer und die Worte *Frauen sind wie Unkraut, das ausgerottet werden muss* war in Kursivschrift um das erschreckende Bild herum tätowiert.

»Wo. Ist. Es?«, fragte Teddy bissig, lehnte sich zu ihr und drückte ihre Kehle noch fester zu.

Macie öffnete und schloss den Mund, konnte aber kein Wort hervorbringen.

Da ihm anscheinend aufgefallen war, dass er sie davon abhielt zu sprechen, lockerte Teddy seinen Griff, ließ sie aber nicht los. »Ich werde dich *und* deinen kleinen Freund töten, und zwar jetzt sofort, wenn du nicht langsam zu reden anfängst«, drohte er ihr.

»Nicht hier«, erklärte Macie, sobald sie die Möglichkeit hatte. Sie kam nicht einmal auf die Idee, ihn auszutricksen.

»Du solltest mir besser nichts vormachen«, erklärte er.

»Das tue ich nicht. Ich habe die Schachtel mitgenommen, als ich ausgezogen bin.«

»Verdammt noch mal«, fluchte Teddy. »Und wo ist sie?«

»In Killeen«, erklärte Macie. »Du kannst den Schlüssel zum Haus haben und sie dir holen. Ich kann dir ganz genau sagen, wo sie ist.«

»Oh nein«, sagte Teddy verächtlich, »du kommst mit. Ich will auf keinen Fall, dass dein verdammter Freund mich bei sich zu Hause erwischt. Du bist meine Fahrkarte ins Glück. Mit dir bekomme ich, was ich will, und bleibe dabei heil.«

Macie wollte auf keinen Fall seine Fahrkarte für irgendetwas sein. Sie wollte einfach nur, dass er sich seine Sachen zurücknahm und aus ihrem Leben verschwand.

Und da stöhnte Trigger auf dem Boden neben ihnen und Teddy fluchte erneut.

Er hob den Elektroschocker, den er noch immer in der freien Hand hatte, und drückte ihn Macie in die Seite. »Schlaf schön, Schlampe«, sagte er und dann hörte Macie nichts mehr, als die schlimmsten Schmerzen, die sie jemals gespürt hatte, ihren Körper durchfuhren.

Trigger hob den Kopf und versuchte, die Lethargie, die er fühlte, abzuschütteln. Dann versuchte er, sich zu erinnern, wo er war und was mit ihm geschehen war. Zuerst war alles verwirrend – bis alles auf einmal zurückkam.

Er versuchte, auf die Beine zu kommen, kam aber nur bis zu den Knien, bevor er sich auf dem Boden abstützen und tief durchatmen musste. »Verdammte Scheiße«, fluchte er, dann griff er in seine Tasche und zog sein Handy heraus. Glücklicherweise war es noch da, doch er fluchte erneut, als er feststellte, dass sein Autoschlüssel fehlte.

Er kroch zum nächsten Stuhl hinüber und zog sich darauf, bevor er in seiner Kontaktliste auf die Nummer des Kommandanten drückte.

»Kommandant Robinson.«

»Er hat Macie«, erklärte Trigger, ohne lange um den heißen Brei herumzureden.

»Was? Wo bist du, Trigger?«

»Lampasas. Macie rief mich an, weil sie wusste, dass Sie beschäftigt waren, und sie eine Festplatte aus ihrer Wohnung brauchte. Ich sah keinen Grund zur Besorgnis, als wir hier ankamen, aber ihr Ex überfiel mich von hinten. Er hat mich getasert. Ich bin gerade erst aufgewacht. Jetzt ist sie weg. Genau wie mein Schlüssel.«

»Brauchst du einen Krankenwagen?«, fragte der Kommandant und Trigger schüttelte erstaunt den Kopf. Der Mann hatte gerade erfahren, dass seine Frau entführt worden war, und trotzdem war er um *sein* Wohlergehen besorgt. »Nein, Sir. Er hat mich außer Gefecht gesetzt, aber ich habe gehört, wie sie etwas über eine Schachtel mit Erinnerungsstücken gesagt hat.«

»Die ist bei mir zu Hause«, erklärte der Kommandant. »Ruf Lefty an. Er wird dich abholen. Die anderen nehme ich mit. Wie lange?«

Trigger wusste genau, was er meinte. Er sah auf die Uhr. »Ich schätze zwanzig bis fünfundzwanzig Minuten.«

»Verstanden.«

Und dann wurde es still am Telefon und Trigger wusste, dass sein Kommandant unterwegs war. Er sprach ein stilles Gebet, dass Macie in der Lage wäre, die Nerven zu behalten und klug zu reagieren, bis ihr Mann zu ihr gelangen konnte.

Denn es bestand kein Zweifel daran, dass Kommandant Colton Robinson zu Macie gelangen würde. Und der Zustand, in dem er sie vorfand, würde darüber entscheiden, ob Teddy ein toter Mann war oder nicht.

Colt beendete das Telefonat mit Oz, einem der Deltas unter seinem Kommando, und klopfte an das Fenster eines Besprechungszimmers. Er machte eine Handbewegung und die sieben Männer im Raum schoben sofort ihre Stühle zurück und eilten zur Tür.

Colt machte sich nicht die Mühe, auf sie zu warten. Sie holten ihn ein und er informierte sie während der Fahrt über das Geschehen.

Oz würde die anderen anrufen, damit sie sich bei Colts Haus treffen konnten. Es war keine Zeit für sie alle, sich zu versammeln und sich einen Plan auszudenken. Sie mussten improvisieren.

Innerhalb von zwei Minuten kletterte Colt in seinen Wrangler und Truck, Ghost und Fletch waren ebenfalls eingestiegen. Er hörte nur mit halbem Ohr zu, als Ghost die Strategie besprach und wer eine Absperrung um das Haus errichten sollte, um dafür zu sorgen, dass Teddy nicht entkommen konnte, sobald sie das Haus betreten hatten.

Das Einzige, woran er denken konnte, war Macie. Wenn er ihr auch nur ein Haar krümmte, würde er ihm die Hölle heißmachen.

»Also hat er seine Sachen in der Schachtel mit ihren Erinnerungen versteckt?«, wollte Fletch wissen.

»Sieht so aus. Es handelt sich um einen ziemlich abgewetzten alten Schuhkarton. Mace hat mir erzählt, dass sie darin Erinnerungen aus ihrer Kindheit mit Truck aufbewahrt.«

»Ich werde ihn umbringen«, erklärte Truck und Colt wurde klar, dass er seine Männer unter Kontrolle bekommen musste.

»Wenn ihn hier irgendwer umbringt, dann *ich*, verstanden?«

Er hörte zweimal »Ja, Sir« und blickte hinüber zu Truck.

»Laughlin?«

»Bei allem Respekt, Sir, aber sie ist meine Schwester.«

»Und sie ist die Frau, die ich liebe«, erklärte Colt. »Ich muss mich auf dich verlassen können, weil *ich* keinen klaren Kopf behalten kann. Du musst mir Rückendeckung geben«, erklärte er dem um einiges größeren Mann. »Wenn ich im Gefängnis sitze, ist deine Schwester allein, und sie wird sich selbst dafür die Schuld geben.«

»Sie wird nicht allein sein«, entgegnete Truck. »Sie hat mich und uns andere.«

Colt antwortete nicht mit Worten, sondern starrte seinen Soldaten einfach wütend an.

Schließlich gab Truck nach. »Ich verstehe, Sir. Und ich werde Ihnen Rückendeckung geben. Das werden wir alle.«

Colt nickte. Der Plan war so gut, wie er sein konnte, als sie in seine Straße einbogen. Es war keine Zeit mehr zum Reden.

Triggers Porsche stand in seiner Auffahrt und jeder Muskel in Colts Körper schaltete auf Alarmstufe Rot. Sie konnten noch nicht lange bei ihm zu Hause gewesen sein, aber jede Minute, die Macie auch nur mit ihrem Arschloch von Ex allein verbrachte, war eine zu viel.

Colt hielt seinen Jeep zwei Häuser weiter an und alle vier Männer kletterten ohne ein Wort heraus. Er hörte ein Geräusch hinter sich und drehte sich um, um zu sehen, wie drei weitere Fahrzeuge anhielten und der Rest seiner Männer ausstieg. Ghost nahm schnell Kontakt auf und die meisten Männer verschwanden in der Nachbarschaft. Colt wusste, dass sie um sein Haus herum in Stellung gingen und dafür sorgten, dass Teddy – und Gott bewahre diejenigen, die bei ihm waren – nicht entkommen konnte.

So blieb er bei Truck and Ghost. Colt sah seine Männer an ... und fühlte, wie sich eine seltsame Ruhe über seinen Körper legte. Teddy hatte die Entscheidung getroffen, Hand an Colts Frau zu legen, und er würde den Preis dafür bezahlen.

Colt ging zu seiner Haustür vor. Er wusste, dass Macie den Sicherheitscode benutzt hatte, und da er keinen Anruf mit der Bitte um sein Geheimwort erhalten hatte, nahm er an, dass sie den Code korrekt eingegeben hatte, als sie Teddy ins Haus ließ. Er drehte sehr langsam den Türknauf und hielt den Atem an, als er die Tür aufstieß. Als das Sicherheitssystem nicht sofort zu piepen begann und ihn aufforderte, den Code einzugeben, dachte er: *Braves Mädchen.* Macie hatte den Alarm nicht ausgelöst, als sie eingetreten war, was Colt alarmiert hätte, aber sie hatte ihn auch nicht zurückgesetzt, sodass er und seine Männer unbemerkt eintreten konnten.

Colt hatte keine Waffe, aber er brauchte auch keine. Er *war* eine Waffe. Eine tödliche.

Zuerst hörte er niemanden im Haus und sein Herz wurde schwer bei dem Gedanken, dass er vielleicht zu spät kam – aber dann hörte er eine Männerstimme, die von oben kam.

Langsam und leise ging Colt die Treppe hinauf. Je weiter er ging, desto deutlicher konnte er hören, was Teddy sagte. »Du bist so verdammt dumm! Ich kann nicht glauben, dass du diesen Blödsinn all diese Jahre aufgehoben hast. Was ist das? Der Abriss von einer Eintrittskarte? Verdammt ... wie lächerlich. Und eine Serviette? Ekelhaft! Und was ist das? Ein Bild? Was zum Teufel soll das sein?«

»Bitte hör auf, Teddy«, flehte Macie und man konnte ihr die Angst in der Stimme anhören.

»Ist das ein Ultraschallbild? Jetzt sag mir bloß nicht, dass du irgendwo ein Kind versteckt hältst.«

»Nein. *Ich bitte dich*, gib es mir einfach zurück.«

»Willst du wissen, warum ich mir ausgerechnet dich ausgesucht habe?«, fragte Teddy, wartete aber nicht auf Macies Antwort, sondern beantwortete seine Frage gleich selbst. »Weil du *schwach* bist. Du hast Angst vor deinem eigenen Schatten. Mir war klar, dass es leicht sein würde, dich zu manipulieren, und ich hatte recht. Aber dann hast du plötzlich Mut bekommen.«

»Du hast Drogen in meiner Wohnung versteckt«, entgegnete Macie mit zitternder Stimme.

Colt bedeutete Truck und Ghost, an ihm vorbei zur anderen Seite der Schlafzimmertür zu gehen. Sie mussten geordnet in das Zimmer eindringen, wenn sie Teddy überraschen und sich zwischen ihn und Macie stellen wollten.

»Es ist nicht meine Schuld, dass du nicht einen Funken menschlichen Anstands in dir trägst. Hättest du mich nicht im Restaurant sitzen lassen, als ich die Panikattacke hatte, wäre ich vielleicht noch mit dir zusammen.«

»Schlampe«, entgegnete Teddy.

Dann hörte man, wie Papier zerriss und Macie voller Panik rief: »Nein!«

»Jetzt«, flüsterte Colt und als Einheit betraten die drei Soldaten den Raum.

Colt hatte noch Zeit zu sehen, dass Macie auf den Knien auf dem Boden lag, verstreute Papierstückchen und anderen Krimskrams vor sich.

Theodore Dorentes sah sie, bevor Macie es tat, und stürzte mit dem Taser, den er in der Hand hielt, auf sie zu.

Später dachte Colt darüber nach, dass er vielleicht anders reagiert hätte, wenn der Mann mit dem Taser auf *ihn* losgegangen wäre ... aber das hatte er nicht getan. Er zielte auf Macie, die ihn nicht einmal ansah und sich nicht schützen konnte.

Colt warf sich auf Teddy. Die Zinken des Elektroschockers knisterten in dem merkwürdig ruhigen Raum, aber Colt fühlte nicht einmal, dass sie seine Brust berührten. Sein Arm bewegte sich bereits auf das Gesicht des anderen Mannes zu und obwohl die Elektrizität, die sich durch Colts Körper bewegte, seine Nerven blockierte, stemmte er sein Körpergewicht hinter seine Faust und schaffte es, mit seinem Körper auf Teddy zu prallen, als dieser fiel.

Er fühlte, wie Teddys Nase unter seiner Faust brach, und sein Kopf schnappte mit der Kraft des Schlages zurück.

Beide Männer landeten nur wenige Meter von Macie entfernt. Innerhalb von Sekunden zog Ghost Teddy unter Colt hervor und trat den Taser weg. Colt zwang seinen Körper zur Bewegung, dankbar dafür, dass der Mann das Gerät fallen gelassen hatte, nachdem er mit der Faust Teddys Gesicht getroffen hatte.

Als Colt wieder bei Sinnen war und sich zu Macie drehte, hatte Truck sie bereits in die Arme genommen und drehte sich um, um seine Schwester vor dem zu schützen, was als Nächstes passieren könnte.

Colt kroch zu den Geschwistern und zerrte an Trucks Arm. Überraschenderweise ließ Truck seine Schwester los und stieß sie beinahe in Colts Arme. Er fühlte, wie Macie zitterte, und nahm dieselbe Position ein wie Truck, hielt sie in seinen Armen und schützte sie, indem er sich mit dem Rücken zum Raum drehte.

Innerhalb weniger Augenblicke war der Raum voll von etlichen wütenden, aufgekratzten Soldaten der Spezialeinheit, aber Colt konnte einfach nur sein Gesicht in Macies Haar vergraben und sie hin- und herwiegen.

Irgendwann wurde ihm klar, dass sie nicht hysterisch war, sondern versuchte, *ihn* zu beruhigen.

»Es geht mir gut, Colt. Du bist rechtzeitig eingetroffen. Es geht mir gut.«

Colt atmete tief durch, hob den Kopf und dann wurde ihm erst klar, dass er weinte, ohne es bemerkt zu haben. Macie verlagerte in seinen Armen ihr Gewicht und wischte ihm die Tränen von den Wangen. »Es geht mir gut«, flüsterte sie.

»Er ist tot«, erklärte Ghost sachlich.

»Tot?«, keuchte Macie.

Es war der Ton in ihrer Stimme, der Colt aus seiner Trance riss. Er stand auf und half Macie auf die Füße. Dann drückte er ihr Gesicht gegen seinen Oberkörper und drehte sich zu Teddy und Ghost um.

Der Mann lag auf dem Boden und seine geöffneten Augen starrten blind zur Decke.

»Wenn ich raten müsste, würde ich sagen, Sie haben eine Arterie in seinem Gehirn durchtrennt. Die Kraft, mit der sein Kopf gedreht wurde, hat wahrscheinlich die Arterie verletzt, dann hat die Tatsache, dass er auf dem Boden aufgeprallt ist, das Restliche getan. Er ist definitiv tot«, bestätigte Ghost.

»Verdammt«, erklärte Colt leise. Er hatte nicht vorgehabt, den Mann zu töten, sondern wollte ihn nur davon abhalten, Macie zu verletzen.

»Es war Notwehr«, erklärte Lucky mit Bestimmtheit.

Colt drehte sich um und sah ihn an. »Das stimmt, aber ich bin mir nicht sicher, dass uns jemand glauben wird.«

»Das werden sie, wenn sie das Video sehen«, erklärte Lucky lässig.

»Was für ein Video?«, fragte Macie mit gedämpfter Stimme, da sie immer noch an Colts Oberkörper gepresst dastand.

»Ich verlasse das Haus nie ohne Kamera«, bemerkte Lucky. »Ich habe mir eine Leiter geschnappt und wollte gerade durchs Fenster einsteigen, nachdem ihr euer Ding gemacht hattet. Ich habe alles auf Video aufgezeichnet. Kommandant, es ist klar, dass Sie Macie nur schützen wollten.«

Colt schloss erleichtert die Augen.

Er spürte, wie jemand ihm die Hand auf die Schulter legte, und als er sich umdrehte, stand er vor Truck. »Ich stehe in Ihrer Schuld, Sir. Tief in Ihrer Schuld.«

Colt betrachtete den großen Mann und versuchte sein Glück, solange die Lage gut war. »Ich möchte deinen Segen, wenn ich deine Schwester bitte, mich zu heiraten. Da ihr Vater ein Arschloch ist, habe ich sonst niemanden, den ich fragen kann.«

Er hörte, wie Macie keuchte, und spürte, wie sie ihre Arme fester um ihn schlang, doch Colt hielt den Blick auf Truck gerichtet.

Die beiden Männer sahen einander lange an, bevor Truck nickte. »Unter einer Bedingung.«

»Und die wäre?«, fragte Colt.

»Ich möchte sie zum Altar führen. Und es ist mir egal, ob ihr nur schnell auf dem Standesamt heiratet, nach Las Vegas fliegt oder ein berauschendes Hochzeitsfest gebt. Ich will dabei sein.«

»Abgemacht«, erklärte Colt, ohne lange darüber nachdenken zu müssen. Und es war noch nicht mal ein Zugeständnis, da er ohnehin vorgehabt hatte, Truck zur Hochzeit einzuladen, wo und wann auch immer sie stattfinden mochte.

»Ma'am?«, fragte Grover mit seiner tiefen, rauen Stimme.

Colt drehte sich um und sah, wie sein Soldat die Papierstücke hielt, die zerrissen worden waren.

Macie keuchte und griff mit einem Schrei danach. Sie hielt das Ultraschallbild ihres schon vor langer Zeit verlorenen Babys in den Händen und schluchzte.

Colt fühlte sich hilflos. Er wusste nicht, was er tun sollte, um ihre Schmerzen zu lindern.

»Darf ich mal sehen?«, fragte Brain.

Macie ließ es zu, dass der andere Mann ihr die Fetzen aus der Hand nahm.

»Ich glaube, ich kann das wieder in Ordnung bringen«, erklärte Brain, nachdem er das Ultraschallbild betrachtet hatte.

Colt sah ihn wütend an, weil er nicht wollte, dass Macie sich falsche Hoffnungen machte.

»Kannst du das wirklich?«, fragte sie.

»Nun, ich kann es nicht perfekt machen, aber ich kann die Stücke einscannen und am Computer wieder zusammensetzen und neu drucken. Es wird nicht wie neu sein, aber fast«, erklärte Brain zuversichtlich.

Colt bemerkte, dass Truck plötzlich einen ausgesprochen traurigen Gesichtsausdruck bekam, als ihm klar wurde, was Brain da in der Hand hielt und warum seine Schwester so aufgebracht war. Es war ganz offensichtlich, dass die Geschwister sich unterhalten mussten.

»Das fände ich wirklich toll«, erklärte Macie mit erstickter Stimme.

»Ich habe die Polizei gerufen«, sagte Ghost und unterbrach damit den Moment. »Ich würde allen außer Truck,

Macie, mir selbst, dem Kommandanten und Lucky empfehlen zu verschwinden. Lucky, du musst bleiben, weil wir das Video brauchen. Lasst alles so, wie es ist. Es sind Beweise.«

Colt wusste, dass er anstelle von Ghost die Kontrolle übernehmen sollte, aber der einzige Mensch, um den er im Moment besorgt war, war Macie. Er hob sie auf, trug sie aus dem Zimmer und ging nach unten, um auf die Polizei zu warten.

***

Zwei Stunden später hatte Macie das Gefühl, als würde ihr der Kopf explodieren. Sie saß auf Colts Schoß auf der Couch und er hatte die Arme um sie gelegt. Truck hatte ihr eine Schmerztablette besorgt, aber sie hatte nicht gegen die von der Angst verursachte Migräne geholfen, die in dem Moment begonnen hatte, in dem sie in Triggers Porsche mit Teddy am Steuer aufgewacht war.

Sie hatte der Polizei mindestens dreimal alles erklärt, woran sie sich erinnerte. Teddy hatte damit geprahlt, dass er die beiden Schläger, die in ihre Wohnung eingebrochen waren, getötet hatte, weil sie bei ihren Versuchen, ihre Souvenirschachtel zu bergen, gescheitert waren. Aus diesem Grund hatten die Polizisten sie nicht finden können.

Dann erfuhr sie, dass er eine kleine Menge Drogen in ihrer Schachtel versteckt hatte, aber das war nicht der Grund, warum er so verzweifelt versuchte, sie wieder in seine Hände zu bekommen. Er hatte auch eine Liste seiner Lieferanten hineingelegt. Er wusste, dass er ein toter Mann war, wenn sie sie fand und der Polizei übergab. Seine Lieferanten würden ihn umbringen, weil er so unvorsichtig war. Für jemanden, der so verzweifelt war wie er, war er auch erschreckend geduldig. Er hatte wochenlang darauf gewartet, dass Macie wieder in ihrer Wohnung auftauchte, damit er sie selbst konfrontieren und herausfinden konnte, was sie mit dem Schuhkarton gemacht hatte. Es war ziemlich offensichtlich, dass er geplant hatte, sie zu töten, nachdem er die Liste zurückbekommen hätte, genau wie er seine »Freunde« getötet hatte.

Macie war froh, als sie erfuhr, dass es Trigger gut ging. Anscheinend hatte Teddy ihn geschlagen, nachdem er ihn ein zweites Mal getasert hatte, um sicherzustellen, dass er für eine lange Zeit k. o. blieb, sodass Teddy Zeit hatte, nach Killeen zu fahren und seine Liste zu holen.

Sie sorgte dafür, dass die Beamten, die sie befragten, wussten, dass sie Teddy geglaubt hatte, als er behauptete, er wollte sie töten. Colt hatte ihr vor der Ankunft der Polizisten versichert, dass er nicht verhaftet werden würde. Das Notwehrrecht, das der Staat Texas erlassen hatte, bedeutete, dass er nicht versuchen musste, auf seinem eigenen Grundstück erst mal vor Eindringlingen zurückzuweichen, bevor er tödliche Gewalt anwenden durfte, um sich oder Macie zu verteidigen. Colt hatte ihr wirklich das Leben gerettet. Macie hatte daran keinen Zweifel, und sie hatte auch keinen Zweifel daran, dass Teddy sie gefoltert hätte, bevor er sie getötet hätte, wenn er die Chance dazu gehabt hätte.

Dank Lucky, der anscheinend immer zur richtigen Zeit am richtigen Ort war, und seinem Video konnten die Polizisten Colt nicht verhaften. Nachdem sie ihn überprüft und herausgefunden hatten, welche Aufgaben er auf dem Armeestützpunkt übernommen hatte, hatten sie ihn zwar gebeten, die Stadt nicht zu verlassen und für Fragen zur Verfügung zu stehen, aber sie hatten ihn weder mit Handschellen gefesselt noch auf das Revier gebracht, um ihn zu befragen.

Macie wandte den Blick ab, als der Gerichtsmediziner kam und Teddys Leiche aus dem Haus schob. Die ganze Situation erschien ihr unwirklich.

Truck, Ghost und Lucky waren die ganze Zeit dabeigeblieben, während die Polizei sie und Colt befragte. Irgendwann verschwand Truck nach oben und kam mit ihrem Schuhkarton wieder herunter. Er stellte ihn vorsichtig neben ihren Laptop auf den Tisch im Esszimmer und warf ihr einen Blick zu, von dem Macie wusste, dass er später über den Inhalt sprechen wollte.

Als Macie auf ihren Laptop schaute, zuckte sie zusammen.

»Was ist los? Hast du Schmerzen?«, fragte Colt.

»Nein. Ich meine ja, aber das ist nicht das Problem«, entgegnete Macie. »Ich wollte zu meiner Wohnung, um eine Festplatte zu holen, die ich brauche, um einer Autorin mit ihrer Webseite zu helfen, aber ich habe die Festplatte immer noch nicht bekommen und sie braucht noch immer Hilfe.«

»Ich bin sicher, dass sie es verstehen wird«, entgegnete Truck.

»Nein. Wird sie nicht. Du verstehst es nicht. Diese Autoren verlassen sich darauf, dass ich die Arbeit für sie erledige. Ja, vielleicht findet sie es schrecklich, was passiert ist, das bedeutet aber nicht, dass sie nicht weiterhin Hilfe dabei braucht, ihre Webseite wiederherzustellen.«

»Das kannst du doch morgen machen«, erklärte Colt leise. »Ich schicke morgen einen meiner Männer zu deiner Wohnung, damit er all deine Sachen packt und herbringt. Dann musst du dir keine Gedanken mehr darüber machen, was du hast und was du nicht hast.«

Und obwohl ihr der Kopf wehtat und sie sich am liebsten in einem dunklen Zimmer verkrochen hätte, um zu schlafen, wandte Macie sich an Colt. »Hast du mich gerade darum gebeten, bei dir einzuziehen?«

»Nein«, erwiderte er. »Ich habe dir befohlen, bei mir einzuziehen.«

Macie lachte und schloss die Augen. Sie legte ihren Kopf an seine Schulter und seufzte. »Ich bin zu müde und mein Kopf tut zu weh, um jetzt mit dir zu streiten.«

Sie hörte ein Rascheln und dann vernahm sie, wie Truck und Lefty sich von Colt verabschiedeten. Dann wurde es still im Raum und trotzdem machte Macie die Augen nicht auf.

»Wenn du wirklich nicht einziehen willst, bin ich auch zu einem Kompromiss bereit«, erklärte Colt ihr leise.

Da sie ihre Tablette genommen hatte, fühlte Macie sich etwas besser, also sagte sie: »Es gibt nichts, was ich mir mehr wünsche, als mit dir zusammenzuziehen, Colt. Ich frage mich nur, was alle anderen denken werden. Wir kennen einander ja schließlich noch nicht lange.«

»Das ist mir egal«, erklärte Colt nach einem Augenblick. »Und es ist mir erst recht egal, was die anderen denken. Mir ist nur wichtig, was *du* denkst. Wenn du ehrlich glaubst, dass es zu schnell geht, schalte ich einen Gang runter und wir können einfach öfter mal bei dem jeweils anderen übernachten. Ich möchte, dass du dich in unserer Beziehung wohlfühlst. Aber ich möchte dir auch sagen, wie ich das sehe – ich habe mich schon nach Ringen umgesehen. Ich habe deinen Bruder um seinen Segen gebeten, dich heiraten zu dürfen. Und ich habe meinen vorgesetzten Offizier schon mal vorgewarnt, dass ich in nächster Zeit wahrscheinlich Urlaub brauche, damit ich in die Flitterwochen fahren kann ... und ich habe mich umgehört, um zu erfahren, wer der beste Gynäkologe in der Gegend ist. Ich kann die Tochter, die du verloren hast, nicht ersetzen, aber ich kann alles tun, was möglich ist, um dir neue Kinder zu schenken.«

»Du willst Kinder?«, fragte sie ungläubig.

»Ganz ehrlich? Bevor ich dich kennengelernt habe, nein. Aber jetzt kann ich nicht aufhören, darüber nachzudenken, was für eine großartige Mutter du abgeben würdest. Ich sehe fast unsere Kinder vor mir, die alle deine schönen Augen und Gesichtszüge haben. Wenn es dir nichts ausmacht, dass ich ein alter Knacker bin, wenn sie mit der Highschool beginnen, dann mache ich dir so viele Kinder, wie du haben möchtest.«

Macie spürte, wie ihr Herz in ihrer Brust schneller schlug, aber heute war es ausnahmsweise einmal nicht wegen ihrer Angst. Oh, sie war immer noch verdammt nervös, bei Colt einzuziehen, aber sie konnte nicht umhin, sich auf die Aussicht zu freuen, den Rest ihres Lebens mit ihm zu verbringen. »Wenn du ins Gefängnis kommst, darf ich eheliche Besuche machen?«, neckte sie ihn.

Colt verdrehte die Augen. »Dank Lucky werde ich nicht ins Gefängnis gehen. Weißt du ... ich wollte ihn nicht töten«, erklärte Colt und Macie konnte ihm an der Stimme anhören, wie unwohl er sich fühlte. Es gefiel ihr nicht, dass er unsicher war in Bezug auf ihre Reaktion auf das, was er getan hatte.

Sie zwang sich dazu, die Augen zu öffnen, richtete sich auf und setzte sich breitbeinig auf den Schoß ihres Mannes. Sie starrte ihm in die Augen und sagte laut und deutlich: »Ich weiß, dass du nicht vorhattest, ihn zu töten. Und du hast getan, was du tun musstest. Dank dir fühle ich mich mit jedem Tag sicherer. Und ich weiß, dass du der Vater sein wirst, der seine Kinder wie kein zweiter beschützt, und das beruhigt mich.«

Er atmete erleichtert auf.

»Aber ich werde immer ein nervliches Wrack sein«, warnte Macie ihn. »Und wenn wir Kinder haben, wird es wahrscheinlich noch schlimmer werden. Und du bist derjenige, der meine Unsicherheiten bei unseren Kindern ausgleichen muss. Ich will auf keinen Fall, dass sie lernen, Angst vor der Welt zu bekommen, wie ich sie habe.«

»Du hast keine Angst vor der Welt«, entgegnete Colt. »Und ich liebe dich genau so, wie du bist. Dank dir fühle ich mich gebraucht. Natürlich, ich könnte losziehen und mir eine Frau suchen, die sich ihrer hundertprozentig sicher ist und die sich um sich selbst und all unsere vierzehn Kinder kümmern kann, aber das möchte ich nicht. So jemanden möchte ich nicht. Ich will dich. Jeden wunderbaren, schönen Zentimeter von dir. In meinen Augen hast du keine Schwächen, Macie. Du bist perfekt, und daran werde ich dich jeden einzelnen Tag unseres gemeinsamen Lebens erinnern, wenn du es zulässt.«

»Ich würde wirklich gern bei dir einziehen«, erklärte Macie ihm leise.

»Gut. Ich rufe meine Männer morgen früh an und gegen Mittag werden deine Sachen hier sein. Dann kannst du dich um die Webseite deiner Autorin kümmern und wir können bis zum Abendessen wieder im Bett sein und versuchen, ein Baby zu machen.«

Macie verdrehte die Augen und lachte leise. Er forderte sein Glück heraus, aber sie ließ es ihm durchgehen. »Ich bin bereit für ein Nickerchen«, erklärte sie stattdessen.

Ohne ein Wort zu sagen, stand Colt auf und zog Macie mit sich. Sie schlang ihre Beine um seine Taille, fühlte seine Hände unter ihrem Hintern und hielt sich an ihm fest, während er auf die Treppe zuging. Er nahm sie mit ins Gästezimmer und legte sie auf das Doppelbett.

Als sie ihn fragen wollte warum, legte er seinen Finger

auf ihre Lippen. »Nur für heute Abend. Morgen ist früh genug, um den in diesem Raum verweilenden Dämonen zu begegnen, okay?«

»Okay«, erwiderte sie. Dann fiel ihr noch etwas ein und sie fragte: »Gibt es aus diesem Zimmer einen Fluchtweg ... nur für den Fall?«

Er lächelte sie an, strich ihr die Haare aus der Stirn und nickte zum Fenster. »Nachdem du aus dem Fenster deiner Wohnung gesprungen bist, bin ich losgezogen und habe Strickleitern gekauft. Es befindet sich eine in jedem Zimmer auf dieser Etage.«

»Ich liebe dich«, erklärte Macie, während sie die Augen schloss.

Sie fühlte Colts Lippen auf ihrer Stirn und hörte ihn sagen: »Ich liebe dich auch.«

EPILOG

»Darf ich dich etwas fragen?«, wollte Macie wissen.

Colt lachte leise und legte seinen Arm um die Taille seiner Frau. Sie hielten sich nackt und befriedigt im Arm. Sie befanden sich auf ihrer Hochzeitsreise in einem schicken Ferienort in der Karibik. Es hatte ein Vermögen gekostet, das Zimmer direkt am Wasser zu mieten, aber es war jeden Cent wert gewesen, als er gesehen hatte, wie erleichtert Macie gewesen war.

Sie war im sechsten Monat schwanger und er hielt sie für die schönste Frau der Welt, aber sie war noch nicht bereit, mit ihrem Babybauch an den öffentlichen Stränden herumzulaufen.

»Ich sage dir immer wieder, dass du mich nie zu fragen brauchst, ob es in Ordnung ist, mich etwas zu fragen. Du kannst mich einfach fragen«, erklärte Colt ihr grinsend.

Sie strich mit dem Finger um eine seiner Brustwarzen und Colt zwang sich, auf das zu achten, was sie sagte, anstatt sie auf den Rücken zu werfen und sie erneut zu ficken.

Macie war fast sofort schwanger geworden, kaum dass sie sich dazu entschieden hatten. Sie war so schnell schwanger geworden, dass er noch nicht einmal offiziell um ihre Hand angehalten hatte. Er hatte das sofort berichtigt und noch in derselben Nacht, in der sie Ja gesagt hatte, rief er Truck an und bat ihn, seine Termine abzusagen, denn sobald sie einen Termin bekämen, würden sie von einem Standesbeamten verheiratet werden.

Auch ohne zu fragen wusste Colt, dass Macie eine große Hochzeit hassen würde. Sie würde es hassen, wenn all diese Leute sie anstarrten, und sie würde sich wegen jedes kleinen Details große Sorgen machen. Die kleine Zeremonie auf dem Standesamt kam ihm also sehr gelegen.

Das hinderte die Ehefrauen der Männer unter seinem Kommando jedoch nicht daran, ihnen eine verdammt große Party zu schmeißen. Colt war erleichtert, dass Macie nichts dagegen zu haben schien und an diesem Abend tatsächlich sehr viel Spaß hatte.

»Mary hat mir von diesem einen Einsatz erzählt und du hast mir erklärt, was passiert ist ... aber danach habe ich gehört, wie sie sich mit Casey unterhalten hat, und da hat sie noch etwas über dich gesagt.«

Colt erstarrte nicht einmal, als sie ihn an diesen längst vergangenen Tag erinnerte. Das lag daran, dass Macie ihn trotzdem noch genauso liebte, und er selbst hatte die Sache endlich verarbeitet. Gris und seine Familie waren ebenfalls als Überraschungsgäste zur Hochzeitsfeier gekommen. Truck hatte Informationen über den Mann eingeholt und ihn dann angerufen, um ihn einzuladen. Es war schön, seinen Freund so glücklich und zufrieden zu sehen, außerdem half es Colt dabei, mit den restlichen Schuldgefühlen fertigzuwerden, die seit jenem Tag vor all diesen Jahren noch an ihm nagten.

»Was hat sie denn gesagt, mein Schatz?«, fragte Colt.

»Sie hat Casey gefragt, ob sie mir erzählen sollte, dass du

einmal einem deiner Soldaten den Urlaub verweigert hast, obwohl er gerade Vater geworden war.«

Colt wusste genau, wovon sie sprach. »Mary hat recht. Das habe ich *tatsächlich* getan.«

»Warum?«

Colt lächelte. Er liebte es, dass Macie sich weder über ihn ärgerte noch ihm vorwarf, kaltherzig zu sein. Sie gab den Menschen immer einen Vertrauensbonus. Das war eines der Millionen und zwei Dinge, die er an ihr liebte.

»Der betreffende Soldat war zu diesem Zeitpunkt verheiratet und die Frau, die sein Baby bekam, war nicht seine Frau. Er hatte seine Frau monatelang betrogen. Mir waren die Hände gebunden. Nach dem Einheitlichen Gesetzbuch der Militärgerichtsbarkeit ist Ehebruch ein inakzeptables Verhalten und ein Soldat kann als Folge davon degradiert werden. Dieser Kerl lebte rechtlich nicht getrennt und es war ihm scheißegal, wer von dieser anderen Frau wusste. Nicht nur das, auch die andere Frau wusste, dass er verheiratet war, und anscheinend war es ihr auch egal.

Ich habe mich geweigert, dem Soldaten Urlaub zu genehmigen, weil ich wusste, dass er seine Frau belügen würde in Bezug darauf, wohin er geht und warum. Ich habe ihn nicht nur nicht gehen lassen, sondern auch mein Bestes getan, um ihn vor ein Kriegsgericht zu bringen.«

»Wow. Ist er aus der Armee geflogen?«, wollte Macie wissen und stützte sich auf ihren Ellbogen auf, damit sie ihn ansehen konnte.

Colt schüttelte den Kopf. »Nein. Er wurde zum Gefreiten degradiert, aber er durfte bleiben. Das ist die Art von Soldaten, die ich hasse. Sie sind nicht in der Armee, um ihrem Land zu dienen. Ich habe nichts gegen die Männer und Frauen, die wegen des Geldes für das College beitreten oder weil sie ihre Familie ernähren müssen oder auch nur, weil sie keine Ahnung haben, was sie mit ihrem Leben anfangen sollen. Aber ich hasse diejenigen, die versuchen, jeden Cent aus der Regierung herauszuholen. Sie sind oft Feiglinge oder Tyrannen und mit ein Grund dafür, dass ich die Chance ergriffen habe, die Delta Force-Einheiten hier in Texas zu befehligen.«

Macie legte ihren Kopf wieder an seine Schulter.

»Hast du noch weitere Fragen?«

Sie schüttelte den Kopf. »Nein. Und nur damit du es weißt, mir war schon klar, dass du einen guten Grund hattest. Schließlich bist du niemand, der einfach willkürlich ein Idiot ist, nur weil er die Macht dazu hat.«

Colt lachte leise. »Ich kann auf jeden Fall ein Idiot sein«, erklärte er ihr. »Da kannst du ruhig mal deinen Bruder fragen.«

Macie schüttelte den Kopf. »Nein. Das ist etwas anderes. Da bist du hart zu ihnen, damit sie bessere Soldaten werden.«

»Er hat dir wohl die Geschichten erzählt, was?«, fragte Colt.

Er spürte, wie Macie lächelte.

»Ja. Ein paar Sachen habe ich gehört«, stimmte sie zu.

»Mit dir und Truck ist alles in Ordnung, richtig?«

Macie nickte. »Ja. Es war sehr schwer, mit ihm zu reden und ihm alles über mein Baby zu erzählen und darüber, was unsere Eltern getan haben. Er war genauso wütend wie du, aber er hat mich nicht verurteilt, und ich dachte, er würde das tun. Ich freue mich darüber, dass er wieder Teil meines Lebens ist«, gab sie zu.

»Er empfindet das auch so«, versicherte Colt ihr.

Sie sagten eine Weile lang nichts, sondern hörten nur

dem Rauschen der Wellen am Strand vor der Gittertür ihres Zimmers zu.

»Ich mache mir Sorgen um Trigger und die anderen«, sagte sie schließlich.

»Warum?«

»Weil sie einsam sind.«

»Was? Warum glaubst du das?«

»Ich spüre es einfach«, erklärte Macie.

»Ich bin sicher, wenn die Zeit reif ist, wird die richtige Frau für jeden von ihnen kommen«, versicherte Colt seiner Frau.

»Aber was, wenn sie gar nicht nach der Richtigen suchen? Sie könnte direkt vor ihrer Nase stehen und sie würden es nicht einmal merken. Sie könnten sie übersehen und wären dann möglicherweise für den Rest ihres Lebens einsam.«

Colt hielt das drohende Lachen zurück. Die Hormone, die durch Macies Körper strömten, machten sie in letzter Zeit bei allem besonders emotional. Er liebte es, dass sie sich Sorgen um seine Männer machte, wusste aber, dass sie sich kaputtlachen würden, wenn sie ihre Einschätzung ihres Liebeslebens hörten.

»Sie werden es wissen, wenn ihnen die Richtige über den Weg läuft«, erklärte er ihr.

»Hmmm«, murmelte sie, anscheinend nicht überzeugt.

Colt machte sich eine geistige Notiz, Trigger zu warnen, dass seine Frau auf einer Mission war, um ihn und den Rest der Männer seines Teams glücklich unter die Haube zu bringen, und beschloss, ihre Aufmerksamkeit von ihnen weg wieder auf ihn zu lenken.

Er bewegte sich so, dass er sich über Macie abstützte, und küsste sich an ihrem Köper nach unten. Er verbrachte viel Zeit damit, ihren schönen Babybauch zu küssen und zu streicheln, und murmelte ihrer Tochter Worte der Liebe zu, die sich darin befand, dann fuhr er fort, bis er zwischen ihren Beinen landete.

»Schon wieder?« Sie tat so, als würde sie sich beschweren.

»Schon wieder«, bestätigte Colt und senkte den Kopf. Er wusste, dass Macie dies liebte, fast mehr als jede andere Art, Liebe zu machen, und er wollte dafür sorgen, dass sie jede Sekunde ihrer Flitterwochen in vollen Zügen genoss.

Er würde alles für seine Frau tun. Himmel und Hölle bewegen, um sie glücklich und zufrieden zu machen. Er hatte sie vielleicht vor ihrem Ex gerettet, aber sie hatte ihm das mehr als zehnfach zurückgezahlt. Er war glücklicher als je zuvor in seinem Leben und hatte sich noch nie so sehr auf die Zukunft gefreut wie jetzt.

Das Leben war gut. Er hielt den Beweis in seinen Händen.

BÜCHER VON SUSAN STOKER

Die Delta Force Heroes:
Die Rettung von Rayne
Die Rettung von Emily
Die Rettung von Harley
Die Hochzeit von Emily
Die Rettung von Kassie
Die Rettung von Bryn
Die Rettung von Casey
Die Rettung von Wendy
Die Rettung von Sadie
Die Rettung von Mary
Die Rettung von Macie

SEALs of Protection:
Schutz für Caroline
Schutz für Alabama
Schutz für Fiona
Die Hochzeit von Caroline
Schutz für Summer
Schutz für Cheyenne

Schutz für Jessyka
Schutz für Julie
Schutz für Melody
Schutz für die Zukunft
Schutz für Kiera
Schutz für Alabama's Kids
Schutz für Dakota

Ace Security Reihe:

Anspruch auf Grace
Anspruch auf Alexis
Anspruch auf Bailey
Anspruch auf Felicity
Anspruch auf Sarah

Hier ist außerdem eine Liste mit Susans englischen Büchern:

Delta Force Heroes Series

Rescuing Rayne
Rescuing Aimee (novella)
Rescuing Emily
Rescuing Harley
Marrying Emily (novella)
Rescuing Kassie
Rescuing Bryn
Rescuing Casey
Rescuing Sadie (novella)
Rescuing Wendy
Rescuing Mary
Rescuing Macie (novella)

Delta Team Two Series

Shielding Gillian
Shielding Kinley
Shielding Aspen
Shielding Jayme (novella) (Jan 2021)
Shielding Riley (Jan 2021)
Shielding Devyn (May 2021)
Shielding Ember (Sep 2021)
Shielding Sierra (TBA)

SEAL of Protection Series

Protecting Caroline
Protecting Alabama
Protecting Fiona
Marrying Caroline (novella)
Protecting Summer
Protecting Cheyenne
Protecting Jessyka
Protecting Julie (novella)
Protecting Melody
Protecting the Future
Protecting Kiera (novella)
Protecting Alabama's Kids (novella)
Protecting Dakota

SEAL of Protection: Legacy Series

Securing Caite
Securing Brenae (novella)
Securing Sidney
Securing Piper
Securing Zoey
Securing Avery
Securing Kalee
Securing Jane (Feb 2021)

SEAL Team Hawaii Series

Finding Elodie (Apr 2021)
Finding Lexie (Aug 2021)
Finding Kenna (Oct 2021)
Finding Monica (TBA)
Finding Carly (TBA)
Finding Ashlyn (TBA)
Finding Jodelle (TBA)

Badge of Honor: Texas Heroes Series

Justice for Mackenzie
Justice for Mickie
Justice for Corrie
Justice for Laine (novella)
Shelter for Elizabeth
Justice for Boone
Shelter for Adeline
Shelter for Sophie
Justice for Erin
Justice for Milena
Shelter for Blythe
Justice for Hope
Shelter for Quinn
Shelter for Koren
Shelter for Penelope

Ace Security Series

Claiming Grace
Claiming Alexis
Claiming Bailey
Claiming Felicity
Claiming Sarah

Mountain Mercenaries Series

Defending Allye
Defending Chloe
Defending Morgan
Defending Harlow
Defending Everly
Defending Zara
Defending Raven

Silverstone Series

Trusting Skylar (Dec 2020)
Trusting Taylor (Mar 2021)
Trusting Molly (July 2021)
Trusting Cassidy (Dec 2021)

BIOGRAFIE

Susan Stoker ist die New York Times, USA Today und Wall Street Journal Bestsellerautorin der Buchreihen »Badge of Honor: Texas Heroes«, »SEAL of Protection«, »Die Delta Force Heroes« und einigen mehr. Stoker ist mit einem pensionierten Unteroffizier der US-Armee verheiratet und hat in ihrem Leben schon überall in den Vereinigten Staaten gelebt – von Missouri über Kalifornien bis hin zu Colorado. Zurzeit nennt sie die Region unter dem großen Himmel von Tennessee ihr Zuhause. Sie glaubt ganz und gar an Happy Ends und hat großen Spaß daran, Geschichten zu schreiben, in denen Romantik zu Liebe wird.

Besuchen Sie Susan im Netz!
www.stokeraces.com
facebook.com/authorsusanstoker
twitter.com/Susan_Stoker
bookbub.com/authors/susan-stoker

instagram.com/authorsusanstoker
Email: Susan@StokerAces.com